für Linnea Sophie & Mads Jonte

„Heimatfront"

- Als der Krieg das Dorf erreichte -

Frank Schnathmeier

1. Kapitel - „Der Funkhörer"

Der Winter war endlich vorüber – auf den Feldern war der letzte Schnee geschmolzen und gab erste grüne Triebe frei. Der nahe Plöner See trug noch vereinzelt zarte Reste von Eis die silbern in der Frühlingssonne blitzten. Es konnte nicht mehr lange dauern und die Temperaturen würden wieder zu einem längeren Aufenthalt im Freien einladen.

Auch der kleine Ort Kalübbe in Schleswig-Holstein erwachte aus dem Winterschlaf. Vereinzelt sah man schon Bürger in den Gärten, die fleißig ihre Beete für die ersten Aussaaten vorbereiteten. Hier und da wurden bereits Stiefmütterchen gepflanzt. In der Ferne brummte ein Rasenmäher und ein Landwirt hatte seine Kühe erstmals in diesem Jahr wieder auf eine Weide getrieben. Die Tiere rannten vor Freude wild durcheinander und sprangen, ob der wiedererlangten Freiheit und von der Sonne getrieben, wie besessen in die Höhe.

Auch den Menschen fiel das Leben nun wieder leichter. Vorbei war die lange Zeit der Dunkelheit. Die Launen der Menschen besserte sich zusehends und letzte Winterdepressionen heilte der herannahende Frühling, dessen Duft bereits in der Luft lag.

Der Kaufmann in der Dorfstraße putzte seine Schaufenster und dekorierte diese neu. Aufgesprühte Schneeflocken wichen nun aufgeklebten Frühlingsblumen. Dicke Pullover und Winterschuhwerk wurden gegen Sommerkleider, T-Shirts und kurze Hosen ausgetauscht. Auch die Schlachterei des Orte stellte sich nun auf die neue Jahreszeit ein. Kohlwurst und Haxen würden nun nicht mehr den Alltag des Schlachtermeisters bestimmen. Nun begann wieder die Zeit der Grillwürste und des Grillfleisches. Der Bäcker bewarb die ersten Maikringel und auch die Freiwillige Feuerwehr war fleißig. Die Feuerwehrautos wurden gewaschen und das Material wurde auf Vordermann gebracht. Ein Feuerwehrmann startete eine Motorsäge um diese zu prüfen. Hoffentlich würden die Kameraden ihr Material in diesem Sommer nur für Übungen auspacken müssen.

„Im Märzen der Bauer die Rösslein anspannt" - mit diesem Lied auf den Lippen begann für Helge Petersen die arbeitsreiche Jahreszeit. Helge war einer der größten Landwirte am Ort. Er hatte den Hof in der Straße „Hössen" vor drei Jahren von seinem Vater übernommen. Dieser hatte den Betrieb zu einem stattlichen Anwesen ausgebaut. Heute lebte die Familie von der

Schweinezucht und vom Ackerbau. Dafür standen Helge Petersen insgesamt über zweihundert Hektar Fläche zur Verfügung auf denen er hauptsächlich Getreide und Mais anbaut. Für die nächsten Jahre ist der Bau einer Biogasanlage geplant. Helge ist seit zwölf Jahren mit Anne verheiratet. Anne war im Nachbarort Belau aufgewachsen. Sie kam aus gutbürgerlichem Hause und hatte in der Kreisverwaltung in Plön eine Ausbildung zur Verwaltungskauffrau gemacht. Nach der Lehre arbeitete sie bis zur Hochzeit mit Helge für die Amtsverwaltung des „Amtes-Plön-Land", zu dem auch Kalübbe gehörte. Mit Landwirtschaft hatte sie zunächst nichts im Sinn. Erst nachdem sie auf den Hof gezogen war, beschäftigte sie sich mit dem Leben als Bäuerin. Ihr fiel es leicht sich an die Begebenheiten auf einem Bauernhof zu gewöhnen – sie hatte sichtlich Spaß an der Landwirtschaft. So konnte sie schon nach wenigen Jahren die Buchhaltung des Betriebes übernehmen. Sie wusste nun Bescheid über zu erwartende Ernteerträge, über Bewirtschaftungskosten und über Subventionsanträge. Anne war zur treibenden Kraft auf dem Hof geworden – und die Erträge waren seit ihrer Heirat mit Helge sogar gestiegen.

Vor elf Jahren kam ihr erstes Kind, Mattes, zur Welt. Bereits von Kindertagen an hatte er die Landwirtschaft zu seinem Lebensinhalt erkoren. Schon mit zwei Jahren fuhr Mattes mit seinem Trettrecker auf dem Anwesen umher und spielte Bauer. Er konnte seinem Vater bei der Fütterung der Schweine helfen und wenn es mit dem Trecker auf den Acker ging, war Mattes mit dabei. Besonderen Spaß hatte er, wenn es ans Güllefahren ging. Er freute sich köstlich, wenn er - auf dem Trecker neben seinem Vater sitzend - mit dem großen Gülleanhänger durch den Ort fuhr und alle Welt die Nase rümpfte, weil der ganze Ort nach der Petersenschen Gülle stank. Sein Kinderzimmer war vollgestopft mit Spielzeugtreckern, Anhängern und landwirtschaftlichen Geräten. Sogar einen kleinen Plastik-Bauernhof mit Ställen und einer Maschinenhalle hatten Helge und Anne Petersen für Mattes erworben. Hier konnte er auch bei schlechtem Wetter Landwirt sein - und das war er gerne.

Auf dem Hof der Petersens wohnte auch noch Mattes Urgroßmutter. Sie hatte im Bauernhaus eine kleine Stube bezogen. Es war lange her, dass sie und ihr Mann den Hof an ihre Kinder abgegeben hatten. Auch diese Generation war bereits aufs Altenteil gezogen und wohnte nun nur eine Straße entfernt. Die weise, alte Frau hatte ihr Leben mit harter Arbeit auf dem Betrieb verbracht. Gerne sprach sie über die Zeit als sie noch Herrin auf dem Hof war. Dann schwelgte sie in den alten Zeiten und berichtete über die harte Arbeit, die damals noch „von Hand" gemacht werden musste und dass heute ja alles „von Maschinen" ausgeführt wird. Dann erzählte sie, wie sie damals noch mit der Sense auf die Felder gezogen war um das Getreide zu mähen, welches dann mühselig zu Garben gebunden aufgestellt wurde. Sie erinnerte sich daran, wie die Garben dann in die Scheunen gefahren und dort mit Dreschflegeln per Hand ausgedroschen wurden – später gab es dann schon erste Dreschkästen, die mittels Gurtantrieb die harte Arbeit übernahmen. Begeistert erzählte sie von den schönen Feiern die nach getaner Ernte stattfanden – sie hatte damals viel getanzt. Dann sprach sie auch gerne über die langen Abende an denen man in der Stube saß und sich bei Kerzenschein Geschichten erzählte, während Handarbeiten gemacht wurden – damals hatte man kaputte Socken noch gestopft und nicht weggeworfen. Einen Fernseher gab es bis in die sechziger Jahre auf dem Hof der Petersens nicht.

In den vergangenen Jahren war die alte Frau etwas „klapperig" geworden – wie sie selbst es nannte. Immerhin war sie Anfang des Jahres neunzig Jahre alt geworden. Das wurde groß gefeiert. Alle Verwandten – und das waren Viele – waren gekommen und hatten den Ehrentag mit ihr verbracht. Sogar der Bürgermeister hatte gratuliert und das Music-Corps der Feuerwehr war gekommen um ihr ein Ständchen zu spielen. An diesem Tag hatte sie sich mit Sekt „einen angetüddelt" wie sie mit einem Lächeln auf den Lippen selbst festgestellt hatte.

Oft saß sie stundenlang in ihrer Stube und grübelte über die alten Zeiten nach. Ihr Mann war 1990 gestorben. Seitdem hatte sie sich sehr zurückgezogen. Aber wenn Mattes sie besuchte, blühte sie auf. Dann spielte sie mit ihm „Mensch-Ärgere-Dich-Nicht" oder „Schwarzer Peter" - oder sie erzählte Geschichten von „Früher" - und er hörte gerne zu. Mattes war ihr Sonnenschein.

Draußen regnete es bereits seit Tagen – Mattes strich gelangweilt über den großen Dachboden des alten Bauernhauses. Hier gab es immer etwas zu entdecken. In alten Kisten und Kartons lagen Gegenstände, die vergangene Generationen einmal hier hinterlassen und vergessen hatten. Im hinteren Bereich des Dachbodens fand Mattes unter einem von vermutlich jahrzehntealten Spinnenweben überzogenen Dachbalken einen alten Lederkoffer der wohl in den dreißiger Jahren des vergangenen Jahrhunderts einmal modern gewesen war. Offenbar war der Koffer in seinem Leben weit herumgekommen. Auf der Oberseite klebten alte Aufkleber, die ehemalige Reiseziele auswiesen. So war er vor langer Zeit wohl einmal mit einem Schiff in Marokko gewesen. Ein weiterer Aufkleber verwies auf eine Reise mit der „White-Star-Line" nach Übersee. Unter dieser Linie fuhr damals auch die Titanic.

Die etwas angerosteten Schnappverschlüsse ließen sich nicht gleich öffnen. Erst als Mattes mit etwas Draht an den Scharnieren herumhantierte schnellten die Verschlüsse zurück und gaben den Inhalt preis. Viel war nicht im Koffer enthalten – neben einigen alten Reiseprospekten lag ein zunächst unscheinbarer Gegenstand darin, den Mattes zunächst nicht identifizieren konnte. Als er ihn aber in den Händen hielt, erkannte er einen alten Kopfhörer und ein integriertes Mikrophon. Auch diese Kombination hatte ihre besten Jahre bereits weit hinter sich gelassen. Eine kleine Plakette, die am porösen Anschlusskabel angebracht war, trug den Schriftzug „Made in Britain 1941". Mattes hatte seit einigen Monaten Englischunterricht in der Schule und wusste was der Schriftzug bedeutete. Er setzte sich den Kopfhörer auf und stellte sich vor er sei ein Pilot und würde mit einem großen Passagierflugzeug über den Atlantik nach Amerika fliegen. Mattes rannte dazu über den Dachboden und ahmte Geräusche von Turbinen nach. Dabei hatte er beide Arme ausgestreckt, die wohl Tragflächen simulieren sollten. Zwischendurch sprach er Sätze wie „Tower – wir gehen zu Landung" oder „Mayday, Mayday..." ins Mikrophon. Mattes hatte viel Spaß an diesem Nachmittag. Den Funkhörer nahm er mit in sein Kinderzimmer.

Am Abend erzählte er beim gemeinsamen Essen von seinem Fund. Helge, Mattes Vater, und auch seine Mutter Anne konnten sich nicht daran erinnern den Hörer schon einmal gesehen zu haben. „Schmeiß den alten Kram weg", war der Kommentar seiner Mutter. Mattes, neugierig geworden, wollte nun aber mehr über das Gerät herausfinden. Er beschloss seine Urgroßmutter danach zu befragen. Immerhin wohnte sie schon ihr ganzes Leben lang auf dem Hof – und es war doch möglich, dass sie die Geschichte des Funkhörers kenne.

Gleich nach dem Abendessen würde er sie in ihrem Zimmer besuchen und mit dem Gerät konfrontieren.

Die alte Dame saß wie immer in ihrem gemütlichen Lehnstuhl. Ihr Zimmer war gut geheizt – für Mattes Empfinden war es etwas zu warm. Aber sie hatte es gerne so. Auf dem Tisch stand eine Flasche Rotwein „Königliche Mädchentraube" - den trank sie gerne. An der Wand hing ein Foto ihres Mannes. Darauf war er noch sehr jung – vielleicht dreißig Jahre alt. Er war 1990 verstorben. Die Wende in Deutschland hatte er aber noch erlebt – und das war wichtig für ihn. Sein Leben lang hatte er sich für Gerechtigkeit und gegen die Teilung Deutschlands eingesetzt. Das war ein wichtiger Lebensinhalt für ihn gewesen.
Sie hatte Tränen in den Augen, als sie den Hörer nach vielen Jahren wieder in den Händen hielt. Es war seither so viel passiert. Dennoch kam es ihr vor als wäre es gestern gewesen. Dieses Gerät hatte großen Anteil an ihrem Lebensverlauf gehabt. Das Schicksal hatte damals nicht nur den Hörer zu ihr geführt. Wie wäre ihr Leben wohl verlaufen, wäre sie vor nunmehr fast siebzig Jahren nicht losgezogen um Brennholz zu sammeln?

Schließlich wurden ihre Gedanken wieder zu Bildern.

2. Kapitel - „Der Absprung"

Die Fronten verschieben sich zusehends in Richtung des Deutschen Reiches. In der Bevölkerung wächst die Angst vorm Ende. Sollte das tausendjährige Reich doch schon nach wenigen Jahren zerbrechen – obwohl das NS-Regime nach wie vor den nahen „Endsieg" herausschreit? Aber weder die Wunderwaffen noch der einberufene „Volkssturm" konnten an der aussichtslosen Situation entscheidend etwas ändern. Die sowjetische Frühjahrsoffensive endete mit der Rückeroberung der Krim und der Ukraine. Sie setzte energisch gegen die Heeresgruppe Mitte an, der innerhalb von nur vier Wochen achtundzwanzig ihrer vierzig Divisionen verlor. Durch den Einbruch der deutschen Front konnte die Rote Armee weit Richtung Ostpreußen und Weichsel vorstoßen. Die Hoffnung war nun dahingehend, dass jedenfalls die befürchtete neue Front im Westen ausbleiben würde. Man rechnete mit einer Landung alliierter

Kampfverbände in Frankreich, Benelux oder Dänemark.

Vom Kriegsgeschehen bekam man in Kalübbe jedoch nur wenig mit. Natürlich hörte man nahezu täglich das dumpfe Brummen der einfliegenden feindlichen Bomberverbände – und natürlich hörte man auch die detonierenden Bombenteppiche die auf Kiel niedergingen, hörte die deutschen Flugabwehrkanonen donnern und sah in den Scheinwerferkegeln die Silhouetten der Bomber. Nächtes sah man den glutroten Himmel über der brennenden Stadt.

Kampfhandlungen auf dem Lande waren aber eher die Ausnahme. Im Nachbarort Ascheberg hatten vor Kurzem Brandbomben aus einem Notabwurf eine Scheune in Brand gesetzt und auf der Chaussee nach Wankendorf war ein Fahrzeug der Wehrmacht von tieffliegenden Flugzeugen beschossen worden. Einmal waren einige Sprengbomben auf einem Feld zwischen Kalübbe und Vierhusen eingeschlagen und hatten tiefe Krater und zerfetzte Bäume hinterlassen. Wahrscheinlich wurden die Bomben von einem angeschossenen Flugzeug abgeworfen. Das taten die Besatzungen, wenn sie abzustürzen drohten, um die Chance auf ein Überleben zu erhöhen. In einem Moor bei Nehmten soll ein abgeschossener Pilot und zwei Besatzungsmitglieder mit Fallschirmen gelandet sein. Sie wurden von Wehrmachtsangehörigen aufgespürt und auf der Stelle erschossen.

In Kalübbe war man im Mai 1944 beunruhigt. Die schlechten Nachrichten von der Front im Osten und die zunehmenden Nachrichten über gefallene Dorfbewohner führten zu Spekulationen über den Ausgang des Krieges. Man hatte Angst vor dem was nach dem Krieg kommen würde. Hatte man denn tatsächlich mit Hitler aufs falsche Pferd gesetzt? Man war sich doch so sicher das dieser Mann die Probleme in den Griff bekommen würde und das Leben in Deutschland nach dem Versailler Knebelvertrag wieder erträglicher machen würde. Und nun sollte jede Hoffnung auf ein besseres Leben gemeinsam mit dem NS-Regime untergehen?

In dieser Mainacht war der Himmel über Nordeuropa mit Wolken bedeckt. Kein Stern war zu sehen und auch den Mond konnte man nur aufgrund eines milchig hellen Fleckes am Firmament erahnen. Die Temperaturen waren für den Mai etwas zu niedrig dafür war es aber fast windstill.

Gegen zwei Uhr durchdrangen plötzlich

Motorengeräusche die Stille der Nacht. Ein einzelner schwerer britischer Bomber vom Typ „Armstrong Whitworth Whitley" brach von Osten kommend über Kalübbe durch die Wolken, überflog in etwa eintausend Metern Höhe den Ort und setzte seinen Weg in Richtung Westen fort. Über Wankendorf verschwand er wieder in den Wolken. Zurück blieb der Schatten eines Fallschirmes über den Feldern bei Perdoel.

Am Morgen sprach man im Dorf zwar über den nächtlichen Lärm, war sich aber schnell einig, dass es sich wohl um ein verirrtes deutsches Flugzeug gehandelt haben musste. Der deutsche Reichssender meldete für die betreffende Nacht Kämpfe zwischen feindlichen und deutschen Jagdfliegern über Schleswig-Holstein. Vielleicht handelte es sich aber auch um ein fliehendes feindliches Flugzeug, das vor den deutschen Fliegern im Tiefflug zu entkommen versuchte.

Es war Toms erster Einsatz als Agent im Dienste seiner Majestät. Drei Monate war er auf die Operation in Deutschland vorbereitet worden. Nun sollte er sich beweisen. Nie hätte er sich träumen lassen einmal in einer geheimen Aktion für Großbritannien aktiv zu werden. Und ganz freiwillig tat er es nicht. Dazu war er viel zu sehr Pazifist -

er verabscheute den Krieg mehr als jeder andere. Jahrelang war er Mitglied in der britischen Friedensbewegung gewesen und hatte an zahlreichen Demonstrationen teilgenommen. Tom hatte in Manchester Nachrichtentechniken studiert. Das Studium hatten ihm seine Eltern finanziert. Diese kamen aus armen Verhältnissen und hatten sich die Kosten für das Studium vom Leibe abgespart. Und auch Tom war in großer finanzieller Not. Er versuchte sich zwar mit Gelegenheitsjobs über Wasser zu halten – er reparierte für Freunde und Bekannte defekte Radios und einige andere technische Geräte – aber das Geld reichte vorne und hinten nicht. Als ihm ein flüchtiger Bekannter einen lukrativen „Job" anbot, zögerte Tom zunächst, nahm ihn aber schließlich doch an. Er sollte für den Londoner Geschäftsmann nach Portpatrick an Englands Westküste fahren und dort ein kleines Motorboot besteigen. Von hier sollte Tom über die Irische See etwa fünfzig Kilometer nach Belfast fahren und sich dort mit einem Mittelsmann des Auftraggebers treffen. Fragen sollte er keine stellen. Er würde in Belfast eine Ladung unbekannter Art an Bord nehmen und diese zurück nach England bringen.

Doch schon kurz nach dem Ablegen aus

Belfast war das Motorboot von der britischen Coastguard entdeckt und aufgebracht worden. Tom wurde festgenommen und wegen schmuggelns von zweitausend Paar Nylonstrumpfhosen zu einer Strafe von eintausend britischen Pfund oder einer Freiheitsstrafe von einem Jahr verurteilt. Da es Tom unmöglich war das Geld aufzubringen, trat er am ersten Dezember des vergangenen Jahres seine Haftstrafe in London an. Doch bereits nach drei Tagen kam ein freundlicher Herr zu ihm und unterbreitete ihm das Angebot sofort aus dem Gefängnis entlassen zu werden. Dafür sollte er sich verpflichten fortan für den britischen Geheimdienst „zur Verfügung zu stehen". Tom unterschrieb und kam frei – bereits nach wenigen Tagen wurde er zur Vertragserfüllung aufgefordert. Er sollte sich für seine geheimdienstliche Aufgabe umgehend beim MI5 – dem britischen Geheimdienst – melden. Am ersten Januar 1944 begann Tom mit der Ausbildung für seinen Einsatz in Nazideutschland. Er wurde im Umgang mit Waffen geschult, was ihm sehr widerstrebte und lernte das Fallschirmspringen. Der Umgang mit Funkgeräten und das verschlüsseln von Nachrichten stellte für Tom aufgrund seiner Ausbildung natürlich keine Herausforderung dar. Nachdem er auch im Tarnen und Täuschen sowie im Umgang mit modernen Navigationsmittel unterwiesen war, konnte die Operation beginnen. Tom war nicht wohl zumute, doch es gab keine Alternative für ihn.

Am zehnten Mai bekam er seine Instruktionen. Er würde am vierzehnten Mai abends von einem Flugzeug der britischen Streitkräfte auf dem Militärflugplatz in Tholthorpe, Yorkshire, aufgenommen und nach Deutschland geflogen werden. Über Schleswig-Holstein werde er mit dem Fallschirm abspringen, untertauchen und auf weitere Anweisungen warten.

Aus der Luft war von Deutschland in der Nacht nicht viel zu erkennen. In weiter Ferne meinte Tom einmal Feuerschein und Scheinwerferkegel gesehen zu haben. Wahrscheinlich ein Bombenangriff auf eine deutsche Metropole. Er war noch nie in Deutschland gewesen und nun sollte er hier für sein Land und seine Freiheit im Verborgenen tätig werden.
Eine im Flugzeugheck angebrachte Signallampe leuchtete gelb auf. Das war das Zeichen zum fertigmachen für den Absprung. Tom gingen Gedanken durch den

Kopf, die er lieber nicht gehabt hätte. Würde er England – würde er seine geliebten Eltern je wiedersehen?

Die Signallampe wechselte ihr Farbe von gelb auf grün – das war das Zeichen zum Ausstieg. Tom sprang in eine unbekannte Zukunft. Unter ihm die Landschaft des kleinen Ortes Kalübbe.

3. Kapitel - „Kalübbe"

Kalübbe war ein kleines, beschauliches, von der Landwirtschaft geprägtes Dorf, nicht weit entfernt vom Westufer des „Grossen Plöner Sees" in Schleswig-Holstein. Das Dorf zählte vor dem Krieg etwa fünfhundertundfünfzig Einwohner – diese Zahl sollte sich in dessen Verlauf aber drastisch reduzieren. Auch in Kalübbe hatte die NSDAP die Macht übernommen und verbreitete ihre Parolen. Der Ortsgruppenleiter hatte sich in der Dorfstraße eine „Ortsgruppendienststelle" mit Büro und Sprechzimmer eingerichtet. Er war zwar nicht gewählter Bürgermeister des Ortes, kontrollierte aber die politische Lage und Ausrichtung im Ort. Im unterstanden etwa sechzig Parteimitglieder. Wie überall in Deutschland fanden auch in Kalübbe zahlreiche, von den Nazis angeführte, Veranstaltungen statt. So gab es beispielsweise Bälle und ein Ringreitturnier. Aufmärsche fanden an der, Ende der dreißiger Jahre gepflanzten, „Hitlereiche" am Heidkamp statt. Hierzu marschierten die Schergen der Partei in ihrer braunen Uniform mit der Hakenkreuzfahne durch den Ort. An diesen Veranstaltungen nahmen auch regelmäßig eine Schar der Hitlerjugend (HJ) und des Bundes deutscher Mädel (BDM) teil – Jugendliche, die ihre Hoffnungen in die Ideologien des Führers gesetzt hatten. Im Anschluss an die Aufmärsche unterhielt man sich bei Freigetränken und einem kleinen Imbiss über politische Themen. Eines hatten alle Veranstaltungen gemein. Sie dienten nur einem Zweck – nämlich die Ideologien des Naziregimes weiter zu festigen und zu verbreiten.

Weitere Parteiveranstaltungen fanden zahlreich und regelmäßig statt. So wurden Bälle abgehalten und Informationsabende veranstaltet. Die Parteimitglieder wurden im Umgang mit der Waffe geschult – Schießübungen erfreuten sich großer Beliebtheit. Auch Geländespiele, die natürlich auf den Kampfeinsatz vorbereiten sollten, wurden abgehalten. Dazu wurden vornehmlich Hitlerjungen eingesetzt, die dann nach dem NS-Motto: „Flink wie Windhunde – zäh wie Leder – hart wie Kruppstahl" gedrillt wurden. Nicht selten kam es dabei zu ernsthaften Verletzungen – denn wer den Kampf verlor, verlor oft auch das Ansehen in der Gruppe.

Ein Highlight der damaligen Zeit war für die Parteioberen aus der Region wohl der Besuch des damaligen Leiters des Reichssicherheitshauptamtes, Reinhard Heydrich, in Kalübbe. Heydrich war nach einem offiziellen Besuch der im Plöner Schloss untergebrachten nationalpolitischen Erziehungsanstalt (NAPOLA) – einer damalige Eliteschmiede für angehende Nazigrößen in Plön – auf einen Abstecher nach Kalübbe gekommen um die dort wohnhafte Cousine seiner Frau zu besuchen. Diesen Anlass nahmen die Parteigenossen wahr um sich vor der Nazigröße zu etablieren. So war man in Naziuniform angetreten um Heydrich in Empfang zu nehmen. Der Ortsgruppenleiter hatte eine flammende Rede auf die nationalsozialistische Bewegung vorbereitet. Doch als Heydrich eintraf, würdigte er der Gruppe keine Blickes. Er hatte wohl keine

Lust auf die doch recht unbedeutende Truppe. Heydrich verschwand umgehend im Gebäude und wurde von seinen Leibwächtern abgeschottet. Und auch der Abmarsch gestaltete sich ähnlich – Heydrich stieg in seinen Mercedes und fuhr – ohne jegliche Geste – davon. Zurück blieben enttäuschte Nationalsozialisten – vorneweg der Ortsgruppenleiter, Paul Schulz.

Heydrich starb einige Monate später durch ein Attentat in Prag.

Seit einiger Zeit gab es in Kalübbe ein Lager für Kriegsgefangene bzw. Zwangsarbeiter. Diese waren auf dem Saal eines Gasthofes in der Dorfstraße untergebracht. Dazu war das Gebäude mit Stacheldraht umgeben worden - Soldaten bewachten die ausgemergelten Kreaturen die überwiegend aus Frankreich und Belgien stammten. Tagsüber mussten die etwa zwanzig Zwangsarbeiter auf den Höfen der Bauern des Dorfes schwere Arbeiten verrichten – nachts wurden sie dann – bei schlechter Kost – im Gasthaus eingepfercht.

Tom landete unsanft in einem Rapsfeld. Glücklicherweise hatte er sich aber nicht verletzt. Er war auf der Hut – hatte ihn jemand gesehen? Vorsichtig schlug er sich zunächst einmal in ein nahes Gebüsch um abzuwarten. Wäre er gesehen worden, würde es wohl nicht lange dauern und man würde kommen um ihn zu suchen. Doch es geschah nichts. Eilig vergrub er an Ort und Stelle den Fallschirm – so wie es ihm die britische Regierung aufgetragen hatte. In seinem Rucksack befanden sich ein Funkgerät und einige Utensilien zum überleben sowie eine Pistole – die er hoffentlich nicht würde benutzen müssen. In einigen hundert Metern Entfernung befand sich ein kleiner Wald. Zu seiner Rechten sah er einige Lichter, die wohl zu einem Gebäude gehören mussten. Er entschied sich auf die Lichter zuzugehen um Hinweise auf seinen aktuellen Standort zu erlangen. Das schwere Gepäck lastete auf seinen Schultern und Tom hatte Mühe sich durch den hochgewachsenen Raps zu schlagen. Schließlich traf er auf ein Bahngleis welches auf das Gebäude zuzuführen schien. Er folgte dem Schienenverlauf und erreichte schließlich einen kleinen Bahnhof. Auf dem Bahnhofsschild las er den Namen „PERDOEL." Zunächst hatte er Schwierigkeiten im Licht seiner Taschenlampe den Ort auf der mitgebrachten Karte zu finden, es gelang ihm schließlich aber doch. Da es bereits anfing zu dämmern, beschloss Tom sich zunächst ein Lager zu suchen in dem er sich verstecken konnte. In der nächsten Nacht würde er erstmals Funkkontakt mit England aufnehmen um weitere Instruktionen zu erhalten – so war es besprochen.

Tom entschied sich seinen Unterschlupf im kleinen Wald nahe der Bahnstrecke zu suchen. Im Unterholz war er – so schien es ihm – sicher vor einer Entdeckung. Eiligst grub er sich ein Erdloch und tarnte dieses mit Ästen, Erde und Laub. Nachdem er das Ergebnis seiner Arbeit zufrieden begutachtet hatte, legte er sich erschöpft schlafen – das Funkgerät neben sich und die Pistole jederzeit griffbereit.

4. Kapitel „Dortje"

Vor einigen Tagen war Dortje einundzwanzig Jahre alt geworden - als sie an diesem Morgen erwachte, stand die Sonne bereits hoch am Himmel. Sie hatte am gestrigen Abend mit ihren Freundinnen Karten gespielt. Sie spielten – für Frauen eher ungewöhnlich – mit Vorliebe Skat. Das Spiel war aber seit ewigen Zeiten das beliebteste Kartenspiel in Kalübbe. Jährlich fanden mehrere Skatturniere statt, bei denen es meist sehr schöne Fleischpreise zu gewinnen gab. Die Frauen hatten – ins Spiel versunken - die Zeit vergessen und so war Dortje erst spät ins Bett gekommen. Heute würde sie mit ihrem Vater und Paul, dem Knecht, zum Heuwenden auf die „große Wiese" im Fleitenmoor fahren. Dortje half - seit sie die Dorfschule abgeschlossen hatte - ihren Eltern bei der Bewirtschaftung des Hofes und im Haushalt – in einigen Jahren möchte sie eine Ausbildung zur Hauswirtschafterin beginnen. Den elterlichen Betrieb hatte Dortjes Vater, Klaus Petersen, vor einigen Jahren von seinem Vater übernommen. Er hatte die Feldwirtschaft ausgebaut und mit der Schweinezucht begonnen. Während Dortjes Großvater sich noch als Landwirtschaftshelfer auf dem nahegelegenen Gut Diekhof verdingen musste um genug Geld zum Leben zu haben, konnte die Familie heute vom eigenen Betrieb gut leben. Dortjes Mutter, Elke, versorgte täglich die Schweine und kümmerte sich um den Haushalt. Sie war gelernte Köchin und hatte einige Jahre in einem Gasthof an der Westküste gearbeitet. Dort lernte sie damals Dortjes Vater kennen, der während eines Ausfluges der Landwirtschaftsschule im Gasthaus zu Besuch war. Dortje liebte die Kochkünste ihrer Mutter und schaute ihr gerne beim Kochen zu. Und so war es nicht verwunderlich, dass auch sie bereits sehr schmackhafte Gerichte zubereiten konnte – das würde ihr sicherlich während der angestrebten Ausbildung zu Gute kommen.

Nach dem Frühstück fuhr Dortje mit ihrem Vater auf dem Trecker – dem neuesten Modell von Lanz, Typ HR5 - auf die Wiese. Paul Schulz – der Knecht – würde dort bereits auf die beiden warten. Paul war seit vielen Jahren auf dem Hof der Petersen angestellt. Er war ein launischer Kerl, der gerne sein Geld in die Gastwirtschaften des Dorfes trug. Seinen Lohn hatte er meist bereits am vierten Tag des Monats versoffen. Paul war unberechenbar wenn er getrunken hatte – nicht selten war er in Schlägereien verwickelt. Vor kurzem hatte er die gesamte Einrichtung der Schankstube des Dorfgasthofes am „Klüver Kamp" zertrümmert als man ihm kein Bier mehr ausschenken wollte. Paul war daraufhin festgenommen und einige Tage in Plön eingesperrt worden. Die Rechnung über eintausend Reichsmark hatte ihm Klaus Petersen vorgestreckt – ansonsten hätte er wohl weitaus länger auf seine Arbeitskraft verzichten müssen. Paul Schulz war seit 1933 überzeugter Nationalsozialist – damals hatte er sich in der Partei einen Namen gemacht, als er schon kurz nach der Machtübernahme Hitlers einen Ortsverband der NSDAP in Kalübbe gründete – und Paul Schulz war Ortsgruppenleiter geworden. Paul hatte Dortjes Vater schon mehrfach aufgefordert sich um ein oder zwei Zwangsarbeiter für den Hof zu kümmern. Doch Klaus Petersen wollte davon nichts wissen - „ich kann mein Geld noch mit eigener Hände Arbeit verdienen", sagte er dann immer. Klaus taten die Zwangsarbeiter leid, die für ihre harte Arbeit nicht entlohnt wurden und nach Feierabend bei schlechter Kost im Dorfkrug eingepfercht leben mussten. Nahezu jeder Hof im Dorf hatte Zwangsarbeiter in Diensten – und Paul ärgerte es, dass die harte Arbeit auf dem Hof der Petersens nach wie vor an ihm hängen blieb.

Gegen Mittag hatten die drei ihre Arbeit auf der Wiese fast beendet als plötzlich Motorenlärm zu hören war, der schnell näher kam. Klaus Petersen erkannte die Gefahr als erster. „Flieger !!!" schrie er und blitzschnell rannten die drei in Richtung des nahen Waldes um sich dort in Sicherheit zu bringen. Schon kamen zwei britische Maschinen vom Typ Spitfire im Tiefflug heran. Paul, dessen Weg der weiteste bis zum Waldrand war, stolperte und fiel der Länge nach ins frische Heu. Kaum eine Sekunde verging, da stotterte bereits das erste Bord-Maschinengewehr los. Der erste Flieger donnerte über Paul hinweg – die Geschosse hatten ihr Ziel verfehlt. Der zweite Flieger kam heran und schoss ebenfalls. Paul spürte die Vibrationen der Maschinengewehrkugeln die ins Erdreich hämmerten. Er sah die Spur der einschlagenden Geschosse auf sich zukommen und rollte sich geistesgegenwärtig zur Seite. Dort, wo er eben noch gelegen hatte, spritze nun die Erde von einschlagenden Geschossen in die Höhe. Auch der zweite Flieger hatte sein Ziel – wenn auch nur um Haaresbreite – verfehlt. Paul sah die beiden Flieger wieder auf sich einschwenken. Er nutzte die Gelegenheit, sprang auf und rannte weiter in Richtung des vermeintlich sicheren Waldrandes wo Dortje und Klaus das Geschehen beobachteten. In letzter Sekunde konnte er sich zwischen die Bäume retten, bevor erneut das Rattern der Gewehre ertönte. Doch die Geschosse erreichten ihn nicht mehr. Klaus hatte sich unter einen umgestürzten Baum geflüchtet und auch Dortje wähnte sich hinter einem Haufen zusammengetragener Feldsteine in relativer Sicherheit. Der Lärm der Flugzeugmotoren entfernte sich. Sie verblieben noch einige Minuten in ihrer Deckung – erst als sie ganz sicher waren dass die Angreifer nicht mehr zurückkommen würden, verließen sie den Wald wieder. In den vergangenen Wochen war es vermehrt zu Tieffliegerangriffen in der Region gekommen – es grenzte an ein Wunder, dass bislang niemand ernsthaft verletzt wurde. Erst gestern war ein Landarbeiter am Waldrand bei Perdoel während der Arbeit angegriffen worden – aus unerklärlichen Gründen brachen die anfliegenden Maschinen den Angriff aber ab und verschwanden.

Tom hatte am Tage die Umgebung erkundet und den Wald im Schutz der Bäume einmal umrundet. Am südlichen Waldrand begrenzte eine Bahnlinie den Baumbestand. Anhand seiner Karte hatte er ermittelt, dass es sich um die Bahnstrecke handeln musste die von Hamburg kommend über Neumünster nach Ascheberg und dann weiter Richtung Lübeck oder Kiel führte. Hinter der Bahnlinie waren in einiger Entfernung Häuser zu erkennen, die wohl zum Ort gehörten, den Tom als Kalübbe ausgemacht hatte. Nördlich des kleinen Waldes lag ein Gutshof der Diekhof hieß und etwas westlich des Waldes sah Tom die Gebäude des Gutshofs von Perdoel. Am heutigen Nachmittag hatte Tom einige Landarbeiter auf einer Wiese beobachtet, als plötzlich tieffliegende britische Flugzeuge angriffen. Die Arbeiter hatten sich blitzschnell in den Wald geflüchtet und hätten Tom um ein Haar entdeckt. Er musste vorsichtiger sein – das war ihm klar geworden.

Tom wartete bis die Zeiger seiner Armbanduhr genau dreiundzwanzig Uhr zeigten. Erst jetzt schaltete er das Funkgerät ein. Anzeigeelemente leuchteten grünlich auf, Zeiger bewegten sich hin und her und es war ein leises Rauschen zu hören. Tom drehte an einem Stellrad bis er den vorgeschriebenen Funkkanal eingestellt hatte. Eine Antenne hatte er bereits in der Dämmerung im Geäst einer alten Buche installiert. Als er die Sendetaste drückte und seinen Codenamen „warbler" in den Hörer sprach – was übersetzt so viel wir „Grasmücke" bedeutete – tat sich zunächst nichts. Erst nach mehreren Versuchen wurde sein Ruf erwidert. „Woodpecker" war das Codewort der Befehlsstelle in England. Nun würde Tom weitere Anweisungen zu seiner Mission bekommen – nun würde er erfahren, was seine Aufgabe in Deutschland sein würde.

Das wurde also von ihm erwartet - Tom saß leichenblass in seinem Versteck – ein Himmelfahrtskommando hatte er nicht erwartet. Doch es gab kein Zurück mehr.

In der Nacht hatten britische Bomberverbände erneut Kiel angegriffen. Dortje konnte das dumpfe Donnern der Bomben und der Flak deutlich hören. Das Brummen der an- und abfliegenden Flugzeuge war stundenlang auch über Kalübbe zu vernehmen. An Schlaf war nicht zu denken. Einmal waren Detonationen zu hören, die weitaus näher lagen. Offenbar einer der berüchtigten Notabwürfe mit denen auch die Bevölkerung auf dem Lande konfrontiert werden konnte. Als der Angriff gegen drei Uhr morgens endlich vorüber zu sein schien, schlief Dortje endlich ein. Doch die Erholung sollte nicht lange andauern. Schon gegen halb vier Uhr war plötzlich der Ruf „Feuer !!! Feuer !!!" und das durchdringende Tröten des Feuerhorns zu hören, das die Feuerwehr alarmieren sollte. Dortje schreckte aus ihrem Bett hoch und lief erneut ans Fenster. Über Kiel brannte nach wie vor der Himmel – doch da war ein weiterer Feuerschein ganz in der Nähe. Die große Feldscheune des Landwirts Schwenn am Musselmoor brannte lichterloh. Dortje weckte ihren Vater, der sich schleunigst zum Helfen aufmachte. Seit Kriegsausbruch waren alle Männer, die nicht an der Front waren, verpflichtet bei Bränden zu helfen – auch einige Frauen mussten die Löscharbeiten tatkräftig unterstützen. Dortjes Vater war nicht zum Kriegsdienst eingezogen worden, weil er ein versteiftes Bein hatte. Dieses hatte er sich im ersten Weltkrieg zugezogen, als er bei Kampfhandlungen in Frankreich verwundet worden war. Klaus Petersen hatte damals unter dem Befehl General Erich von Falkenhayns an der Schlacht von Verdun teilgenommen. Während des Grabenkrieges erlitt er im September 1916 bei einem Versuch die gegnerischen Linien zu überrennen, einen Schuss durchs linke Knie. Seither war dieses steif. Nur knapp hatte er die Verwundung damals überlebt. Erst nach einem halben Jahr Aufenthalt in einem Lazarett konnte er nach Hause entlassen werden.

Die Scheune war nicht mehr zu retten. Erst vor einer Woche hatte der Besitzer Heu bis unters Dach eingelagert. Das Feuer fand also reichlich Nahrung. Am Morgen war von dem Gebäude nurmehr ein rauchender Haufen verkohlter Balken und einige dampfende Dachplatten aus Blech übrig. Die aus Plön angerückten Brandermittler konnten in den Trümmern schnell einen verkohlten Kanister entdecken, der wohl einmal Brandbeschleuniger enthalten haben musste. Der mutmaßliche Brandstifter hatte sich nicht sehr viel Mühe gegeben seine Tat zu verdecken. Landwirt Schwenn, befragt nach einem möglichen Täter, konnte niemanden benennen.

Schwenn war ein wohlhabender Bauer, der sich durch zahlreiche Aktionen der NSDAP einen Namen gemacht hatte. Er war Mitglied in der SA und hatte 1933 die Bücherverbrennungen im Kreis Plön organisiert. In der Partei war er für seinen unermüdlichen Einsatz um den Endsieg bekannt. Er galt als unnachgiebiger Verfechter der NS-Ideologie. Aufgrund seiner „Unabkömmlichkeit" für die Partei war er vom Kriegsdienst verschont geblieben.

Das Feuer und der Bombenangriff auf Kiel waren Tagesgespräch im Ort. Wer konnte für die Brandstiftung verantwortlich sein? Niemand kannte die Antwort.

Antje Hoffmann, eine Freundin von Dortjes

Mutter, aus der Straße „Am Höben" bekam heute ein Telegramm – ihr Sohn, Christian Hoffmann, war mit nur vierundzwanzig Jahren in Russland gefallen. Sie erlitt einen Nervenzusammenbruch und wurde von Verwandten ins Preetzer Krankenhaus gebracht. Antje Hoffmann hatte erst im Herbst des vergangenen Jahres ihren Mann im Krieg verloren. Nun würden beide Versorger der Familie im Krieg bleiben.

5. Kapitel „Der Angriff"

Um zwölf Uhr starteten an diesem Mittag zwölf Spitfire-Flugzeuge auf einem britischen Luftwaffenstützpunkt im Süden Englands Richtung Nazideutschland. Ihr Ziel: Die Bahnanlagen in und um Neumünster.

Dortje hatte den Vormittag damit verbracht ihrer Mutter im Haushalt zu helfen. Nach dem Mittagessen hatte sie sich mit dem Pferdegespann und dem Leiterwagen aufgemacht um eine Fuhre Heu nach Langensehden zu bringen. Der dort ansässige Landwirt, Hans Busch, hatte bei ihrem Vater das Heu für seine Tiere bestellt. Busch, dreiundsiebzig Jahre alt, hatte seinen Betrieb auf die Viehzucht reduziert. Als der Krieg ausgebrochen war und seine beiden Söhne an die Front mussten, konnte er alleine die Felder nicht mehr bestellen. Kurzerhand hatte er die Ländereien verpachtet.

Dortje hatte bereits die Hälfte der Strecke nach Langensehden zurückgelegt, als sie am Bahnübergang am Kalübber-Holz warten musste. Was sie nun sah, erschreckte sie sehr. Ein Zug fuhr mit verminderter Geschwindigkeit in Richtung Süden vorbei. In den zahlreichen Viehwaggons waren offenbar Menschen eingepfercht. Durch winzige Luken sah Dortje die ausgemergelten Gesichter hunderter Personen. Darunter waren auch zahlreiche Frauen und Kinder. Alle Waggons waren verschlossen und die Luken mit Stacheldraht versehen. Es stank erbärmlich. Einige riefen ihr etwas zu – andere streckten ihr flehend die Hände entgegen. Dortje fragte sich, was diese armen Kreaturen wohl verbrochen hatten, dass sie in diese Lage geraten waren. Sie konnte sich keine Antwort darauf geben. Verwirrt setzte sie ihre Fahrt fort – die armen Leute gingen ihr nicht mehr aus dem Kopf.

Zur gleichen Zeit bereitete Tom seinen Einsatz vor. Er hatte das Funkgerät eingeschaltet und erwartete die Kontaktaufnahme mit „Woodpecker".

Bereits vor einigen Minuten hatte er in großer Höhe zwei Staffeln britischer Kampfflugzeuge ausgemacht, die sich in südwestliche Richtung bewegten.

An diesem Nachmittag erfolgte ein Angriff auf die Bahnanlagen in und um Neumünster. Das Werk der Reichsbahn sowie zahlreiche Gleisanlagen und Züge wurden dabei schwer beschädigt. Mehrere Menschen verloren ihr Leben. Der Angriffsbefehl für die Flieger lautete: „Zerstörung der Bahnanlagen der deutschen Reichsbahn mit Schwerpunkt Neumünster – im Anschluss freies Jagen auf feindliche Züge und Fahrzeugkonvois an den Ein- und Ausfallstrecken Neumünsters und Umgebung." Nach dem Angriff auf Neumünster teilten sich die feindlichen Flugzeuge auf. Während sechs der Maschinen in den Bereich Segeberg flogen und dort einige Wehrmachtskonvois angriffen, folgten drei Maschinen der Bahnstrecke von Neumünster in Richtung Kiel. Zwei Flugzeuge flogen entlang der Bahnstrecke Richtung Ascheberg - eine Maschine war bei dem Angriff auf

Neumünster im Bereich Tasdorf abgeschossen worden.

Tom hörte bereits von weitem den nahenden Zug. Das war das Zeichen – er setzte sich die Kopfhörer auf, nahm das Mikrophon und meldete sich wie befohlen bei „Woodpecker". Es dauerte diesmal nicht lange und „Woopdecker" antwortete. Im Flüsterton berichtete Tom vom herannahenden Zug. Schnell gab er noch die Koordinaten seines Standortes durch - dann ging er zwischen den Bäumen in Deckung um das, was nun geschehen würde zu beobachten.

Dortje hatte ihre Aufgabe erledigt, auf Langensehden noch eine Tasse Kaffee getrunken und sich dann auf den Heimweg gemacht. Kaum war sie an der Siedlung „Kalübber-Holz" vorbei gefahren, hörte sie das ihr bereits vertraute brummen feindlicher Tiefflieger. Dortje handelte blitzschnell und wendete ihr Gespann, um zur Siedlung zurück zu kehren. Auf dem Hof der Familie Dietrich fand sie in einer offenstehenden Scheune Unterschlupf. Sie band die Pferde kurzerhand an einen dort untergestellten LKW und ging dann hinter alten Vollgummireifen in Deckung. Durch einen kleinen Spalt in der Scheunenwand konnte sie die Gleisanlagen in einiger Entfernung gut sehen. Schon hörte sie das rattern der Maschinengewehre – zunächst sah sie nicht genau was das Ziel des Angriffes war. Erst als sie den langsamer werdenden Zug erkannte, wurde ihr alles klar. Die beiden Flieger hatten es offenbar zunächst auf die Dampflokomotive abgesehen. Beim ersten Anflug war die Lok bereits so schwer getroffen worden, dass sie zum stehen kam. Die beiden Lokführer sah sie aus dem Führerhaus springen – sie waren scheinbar unverletzt geblieben. Nun sprangen auch aus den fünf Waggons zahlreiche Personen und flüchteten sich in die umliegenden Baumbestände. Einige legten sich lediglich flach auf den Boden und hofften, nicht getroffen zu werden. Die zweite Angriffswelle galt dem zweiten Waggon. Hier war neben den Kohlen zum Schutz des Zuges ein Maschinengewehr installiert – doch niemand hatte es in der Panik besetzt. Eine Sprengbombe zerstörte das Maschinengewehr mitsamt dem Waggonaufbau – Holzaufbauten splitterten. Herumliegende Kohle fing Feuer und der Rest des Waggons brannte lichterloh. Aus der Lok trat unkontrolliert heißer Wasserdampf aus. Die Flieger starteten einen erneuten Anflug – nun waren die Personenwaggons an der Reihe. Auf ganzer Länge wurden die Waggons von den Geschossen aufgeschlitzt. Links und rechts flüchteten immer noch zahlreiche Zuginsassen panisch vom Ort des Geschehens. Hier und da sah man nun auch Verletzte liegen. Dortje konnte ihre panischen Schreie hören. Ein weiterer Anflug galt nun offenbar den fliehenden Personen links und rechts des stehenden Zuges. Die Maschinen warfen einige Sprengbomben in die Böschungen wo die Piloten wohl die Deckungen der Zuginsassen vermuteten. Ein uniformierter Wehrmachtsoffizier der scheinbar im Zug gesessen hatte, war schwer verletzt unter dem letzten Waggon in Deckung gegangen und schoss in schierer Verzweiflung mit einer Pistole auf die Flugzeuge – ohne erkennbare Wirkung. Ein letzter Anflug brachte noch einmal Maschinengewehrfeuer. Dann entfernten sich die Maschinen. Zurück blieben zahlreiche Verletzte, Tote und ein Trümmerfeld.

Wie erstarrt saß Dortje in ihrem Versteck - alles war so schnell gegangen – sie konnte kaum atmen. Was sie gesehen hatte, war schrecklich gewesen. Es dauerte einige Zeit bis sie begriffen hatte, dass der Angriff vorbei war. Nun kam sie aus ihrer Deckung hervor und lief zu ihrem Pferdegespann. Auch die Pferde schienen von dem Angriff erschrocken – zunächst ließen sie sich nicht dazu bewegen die vermeintlich sichere Scheune zu verlassen. Erst gutes Zureden konnte die Tiere dazu bewegen die Scheune zu verlassen. So schnell sie konnte, begab sich Dortje zum nahen Bahnübergang. Von hier waren es nur wenige Meter über die Gleise bis zum immer noch brennenden Zug. Etwa zeitgleich kamen auch Arbeiter von einem nahen Feld zu Hilfe – sie hatten den Angriff von dort aus beobachtet. Dortje stockte der Atem erneut – als sie sich an den Trümmern der Lokomotive vorbeigezwängt und sich einen Weg durch die brennenden Kohlen gebahnt hatte, sah sie das ganze Ausmaß der Tragödie. Überall lagen Verletzte – überwiegend Wehrmachtssoldaten auf dem Weg in den Heimaturlaub. Links am Bahndamm lag ein Mann in Uniform, der den Angriff offenbar mit dem Leben bezahlt hatte. Er lag auf dem Bauch, das Gesicht in den Bahnschotter gedrückt. In seinem Hinterkopf klaffte eine große Wunde – offenbar war er von einem Geschoss getroffen worden. Dortje kümmerte sich zunächst um einen jungen

Mann, der einen Schuss in den Unterschenkel erlitten hatte. Mit Stoffstreifen die Dortje aus ihrer Schürze gerissen hatte, gelang es ihr die Blutung zu stillen. Mittlerweile waren zahlreiche Helfer eingetroffen und kümmerten sich um die Verletzten. Die Feuerwehr war angerückt und begann mit den Löscharbeiten am brennenden Waggon. Schnell war klar, dass es fünf Tote und dreiundzwanzig Verletzte gegeben hatte. Unter den Toten waren einer der Zugführer, der im Graben neben dem Bahndamm einen Schuss in den Bauch bekommen hatte, vier Wehrmachtssoldaten und ein Zivilist. Unter den Verletzten waren fünf in sehr schlechter Verfassung – man rechnete bei ihnen mit dem Schlimmsten. Dortje versorgte noch drei weitere Verletzte – dann übernahmen Kräfte der herbeigerufenen SA und der HJ die weitere Versorgung. Sie kümmerten sich auch um die Transporte der Verletzten ins Krankenhaus. Dortje bekam noch mit wie Paul Schulz als Ortsgruppenleiter einen schwer Verwundeten zum Geschehen befragte. Der Soldat berichtete unter starken Schmerzen, kurz vor dem Angriff aus dem Augenwinkel im nahen Wald eine Person gesehen zu haben, die einen Kopfhörer trug. Weiter kam er nicht – die Schmerzen waren zu groß. Er war bewusstlos geworden und starb wenig später an seinen schweren Schussverletzungen. Paul Schulz nahm die Aussage dennoch sehr ernst. Mit seinen Parteigenossen zog er sich zu einer Beratung in sein Büro zurück – ihm war bereits klar, dass er der Sache auf den Grund gehen musste – und dazu bedurfte es einer exakten Planung.

Ortsgruppenleiter Schulz hatte die Parteigenossen in seinem Büro um sich geschart – was nun folgte war eine flammende Ansprache, die Paul Schulz aus dem Stegreif zu halten vermochte. „Liebe Parteigenossen !!!" - das „r" rollte Schulz immer nach Art wie „der Führer" es tat. Er war der Meinung das würde seiner Rede mehr Ausdruck verleihen. „Heute ist der Krieg nach Kalübbe gekommen. In verbrecherischer Art hat der Feind in unserer Gemeinde die Waffen sprechen lassen und Leid und Tod herbeigetragen. Vor wenigen Stunden wurde ein Wehrmachtszug bei „Hirsenkoppel" von tieffliegenden britischen Flugzeugen angegriffen und zerstört. Der feige Angriff forderte sechs Tote und über zwanzig Verletzte. Darunter hochdekorierte Wehrmachtsoffiziere auf dem Weg in den Heimaturlaub und Parteigenossen die für unsere Sache unterwegs nach Kiel waren. Wie mir die Kommandantur in Plön mitteilte, befand sich auch der Stellvertreter unseres Kreisleiters in dem Zug. Er wurde schwer verletzt – es steht nicht fest ob er durchkommen wird. Kameraden !!! Es besteht der dringende Verdacht, dass ein feindlicher Agent die Flugzeuge an den Zug herangeführt hat. Wie mir berichtet wurde, befand sich zur Zeit des Beschusses auf den Zug ein unbekanntes Individuum im Wald bei der Angriffsstelle. Diesem Verdacht gilt es konsequent und zügig nachzugehen. Ich habe mich entschieden heute Suchtrupps aufzustellen, die unsere Gemeinde nach dem Attentäter absuchen werden. Dabei ist dringlichst auf eine sorgfältige Durchsuchung aller in Frage kommender Unterschlupfmöglichkeiten zu achten. Kameraden – wir müssen den Täter dingfest machen. Hierbei muss unser Blick rücksichtslos auf die Erfüllung der Aufgabe gerichtet sein. Für den Fall, dass der Täter aufgespürt werden sollte, ist dieser ohne Umschweife festzunehmen und ins Parteibüro zu überstellen. Für den Fall, dass der Täter Widerstand leistet, ist der Einsatz von Schusswaffen durchaus zu erwägen.

Auf ein gutes Gelingen. Heil Hitler !!!". Die Parteigenossen erwiderten den „deutschen Gruß" indem sie den rechten Arm in die Höhe streckten und bereiteten sich auf die Suche vor.

Tom schleppte sich zurück in sein Versteck. Mehr kroch er auf allen Vieren als dass er aufrecht gehen konnte. Bei dem Angriff hatte er einen starken Schmerz in seinem linken Unterschenkel verspürt. Als er hinsah, steckte ein etwa fünfzehn Zentimeter langer und zehn Zentimeter breiter Metallsplitter tief in einer blutenden Wunde in seiner Wade. Offenbar war das Metallstück beim Abwurf der Sprengbomben irgendwo ausgetreten und hatte ihn getroffen. Aus Erfahrung wusste er dass er den Splitter nicht einfach herausziehen durfte, dann könnte es zu einer starken Blutung kommen, die ihn durchaus in arge gesundheitliche Schwierigkeiten bringen könnte – mit etwas Pech konnte man an so einer Wunde sogar verbluten. Das Funkgerät war ebenfalls getroffen worden – es funktionierte nicht mehr. Tom ließ das Gerät liegen, deckte es aber mit etwas Laub und Gestrüpp ab um es zu verstecken. Aufgrund der Verletzung hätte er das Gerät sowieso nicht mehr bewegen können.

Lediglich den Funkkopfhörer und das integrierte Mikrophon trug Tom noch auf dem Kopf.

Als Tom sein Erdversteck wieder erreicht hatte, kümmerte er sich zunächst um seine Verletzung. Vorsichtig zog er nun den Splitter heraus – er hatte starke Schmerzen, unterdrückte jedoch erfolgreich jeden Drang zu schreien. In seinem Rucksack fand Tom etwas Verbandmaterial – mit einer Mullbinde versorgte er die Wunde, die glücklicherweise nicht sehr stark blutete – so konnte er auf einen Druckverband verzichten. Tom fiel erschöpft auf sein Nachtlager und dachte über den Angriff nach. Die Flieger hatten ganze Arbeit geleistet. Tom hatte gesehen, wie der Zug schwer beschädigt und teilweise brennend stehengeblieben war und wie die Insassen flüchteten. Einigen war es gelungen sich in Sicherheit zu bringen, doch einige sah Tom auch am Boden liegen – scheinbar durch den Angriff verletzt oder tot.

Langsam wurde Tom bewusst, dass er derjenige gewesen war, der den Angreifern den Weg gewiesen hatte – er war verantwortlich für die Verletzten und die Toten – er hatte das Leid über die Zuginsassen gebracht. Sie hatten keine Chance der Situation zu entkommen. Tom fühlte sich schlecht – auf der anderen Seite – was hatte er für eine Chance gehabt? Er war nicht freiwillig hierher gekommen – nie wäre er in diese Situation geraten, hätte man ihn nicht dazu gezwungen. Was wäre die Alternative gewesen? Hätte er für lange Zeit ins Gefängnis gehen sollen? Und niemand hatte ihm vorher gesagt was seine Aufgabe sein sollte. Hätte er es gewusst – vielleicht hätte er sich fürs Gefängnis entschieden. Nun war es zu spät – was hatte er getan?

Die Schergen der Partei wurden in sieben Gruppen zu je sechs Leuten aufgeteilt. Der NSDAP-Führer hatte zusätzlich zu den Kalübber Mitgliedern der Nationalsozialisten über dreißig Parteianhänger aus den Nachbargemeinden Belau, Wankendorf und Dersau – zusammengerufen. Aus Ascheberg war eine Schar Hitlerjungen angetreten. Paul Schulz gefiel sich in seiner heutigen Rolle des „Machers" - des „Organisators". Heute war er ein „Führer" und nicht Paul Schulz, der Landarbeiter und Knecht. Seine Aufgabe bestand nun darin, den Teilnehmern der Suchaktion die „Brisanz der Lage" zu vermitteln. Wiederum erhob er deshalb seine Stimme. Diesmal bediente er sich eines Zitates aus der k.u.k.-Zeit. „Nun auf zu den

Waffen ..." - so begann er seine Ansprache. „... Heute gilt es einen feigen Attentäter, der sich in unserer Gemeinde aufhält, zu stellen. Deshalb scheut keine Mühen und Anstrengungen, schaut unter jeden Busch, schaut, wenn es sei muss, unter jedes Blatt !!! Kameraden – es ist an unseren Erfolg gebunden ein weiteres Wirken des Feindes zu unterbinden. Seid aufmerksam und habt keine Scheu. Der Erfolg unserer Aktion rechtfertigt die größte Anstrengung aber auch die erforderliche Rücksichtslosigkeit. Und nun lasst uns mit der Suche beginnen !!!".

Die Gruppen setzte sich, wie vereinbart, in Bewegung. Jede in eine andere Richtung. Die Gruppe, die das Gebiet um den Ort des Angriffs ansteuerte, wurde von Paul Schulz selbst angeführt.

6. Kapitel „Tom"

Dortje hatte schlecht geschlafen – das Erlebte ging ihr nicht aus dem Kopf. Die vielen Verwundeten und Toten hatten ihr Alpträume verschafft – und dann war da noch die Sache mit dem Zug und den eingesperrten Menschen. Mehrmals war Dortje Nachts hochgeschreckt - „war da draußen Flugzeuglärm zu hören - würden die Maschinen noch einmal zurückkommen ?". Gegen fünf Uhr war Dortje, früher als sonst, aufgestanden und hatte sich an die Arbeit im Haushalt gemacht. Nachdem sie mit ihrer Familie das Frühstück eingenommen hatte, wollte sie sich auf den Weg machen um Brennholz zu sammeln. Sonst machte sie diese Arbeit immer mit ihrem Vater gemeinsam. Doch dieser hatte heute anderes zu tun – Klaus Petersen war Parteimitglied, das wurde von ihm als Bauer erwartet. Zwar hatte er wenig Interesse an der Parteiarbeit und auch die Ideologie war nicht wirklich nach seinem Geschmack – aber um Scherereien aus dem Weg zu gehen, war er Mitglied geworden. Heute hatte ihn Paul Schulz zum Anführer einer der Suchgruppen ernannt. Und so war er bereits kurz nach dem Frühstück zum „Heidkamp" aufgebrochen um sich dort mit den anderen Teilnehmern der Suchaktion an der Hitler-Eiche zu treffen.

Dortje machte sich etwa zeitgleich mit ihrem Vater auf den Weg. Jedoch schlug sie den Weg in Richtung „Hirsenkoppel" ein. Hier standen viele alte Bäume – die gute Brennholzlieferanten waren. Obwohl sie am

Vortage den Angriff auf den Zug miterlebt hatte, verspürte Dortje keine Angst. Natürlich war ihr bewusst, dass jederzeit erneut Tiefflieger auftauchen konnten, doch sie würde sich auf ihr gutes Gehör und ihr Gespür für sichere Verstecke verlassen können. Außerdem blieb ihr nichts anderes übrig. Sie musste das Risiko Tag für Tag erneut eingehen. Schließlich benötigte die Familie Brennholz – und auch sonst waren Besorgungen zu machen. Die Gefahr vor Fliegerangriffen war damals auch auf dem Lande allgegenwärtig. Ständig streiften feindliche Flugzeuge über Schleswig-Holstein. So war es keine Seltenheit, dass unbewaffnete Fußgänger von feindlichen Flugzeugen entdeckt und getötet wurden. Der Krieg war mittlerweile verroht. Selbst vor Schulkindern auf dem Weg nach Hause machten die Flieger keinen Halt. Erst vor Kurzem konnten sich zwei Kinder in letzter Sekunde vor den Geschossen einer britischen „Spitfire" in einen Straßengraben flüchten. Wir durch ein Wunder wurden die Kinder nicht verletzt.

Tom lag noch immer verstört in seinem Versteck. Auch er hatte in der Nacht keine Ruhe gefunden. Zu sehr hatten sich die Erlebnisse des vergangenen Tages in seine

Seele hineingefressen. Doch nun kamen ihm andere Gedanken. Wie sollte er je wieder von hier wegkommen? Sein Funkgerät war endgültig hinüber. Wie sollte er Kontakt mit England aufnehmen um einen Treffpunkt auszumachen? Wo sollte das zugesagte Flugzeug landen um ihn zurück nach England zu fliegen? Seine Verletzung hatte sich über Nacht zwar etwas gebessert, das gehen fiel Tom aber nach wie vor schwer. Er war der Verzweiflung nahe, als aus der Ferne Stimmen zu hören waren. Vorsichtig tastete sich Tom an den Rand des Waldes vor. Was er sah, ließ ihm den Atem stocken. Eine Gruppe Uniformierter näherte sich seinem Standort. Tom sah sofort, dass die Personen nach etwas oder jemandem suchten. Ihm lief ein Schauer über den Rücken als ihm klar wurde – „die suchen mich !!!".

Dortje hatte bereits eine beachtliche Menge Brennholz zusammengetragen. Sie schichtete das Holz am Wegrand zu einem großen Haufen auf. Am Nachmittag würde sie mit dem Pferdegespann vorbeikommen und den Brennholzhaufen abholen. Es würde sicherlich für die nächsten vierzehn Tage zum Kochen reichen. Als sich Dortje gerade auf den Heimweg machen wollte, bemerkte sie hinter einer Baumreihe eine Person, die sich ihr näherte. Scheinbar hatte die Person – offenbar männlich - Dortje nicht bemerkt. Ihr fiel die gebückte Weise sofort auf mit der er sich fortbewegte. Wollte er nicht gesehen werden? Warum verhielt er sich so? Und warum zog der Mann ein Bein nach? War er etwa verletzt? Brauchte er Hilfe?

Paul Schulz war mit seiner Gruppe an der Stelle angekommen, an der der Zug beschossen worden war. Die fahruntüchtige Lok und der ausgebrannte Waggon wurden gerade abgeschleppt. Zahlreiche Helfer waren dabei, die Überbleibsel des Angriffs zu beseitigen. „Dort vorne am Waldrand wurde der vermeintliche Attentäter gesehen", erklärte Paul Schulz seinen Mitstreitern. „Ich schlage vor, wir nehmen uns zunächst den Waldrand vor und arbeiten uns dann weiter in das Unterholz hinein." Kaum hatte er seinen Plan ausgesprochen, begannen die Teilnehmer der Gruppe schon mit der Arbeit. Sie hatten ihre Pistolen jederzeit griffbereit – rechneten sie doch mit der Gegenwehr des Gesuchten. Sie drehten sprichwörtlich jeden Stein um. Und bereits nach kurzer Zeit vermeldete einer der Suchenden einen Fund. Unter einem Haufen welker Blätter war er auf ein zerschossenes Funkgerät britischer Bauart gestoßen. Paul Schulz war sofort klar, dass dies das Gerät sein musste, mit dem der Attentäter die Flugzeuge an den Zug herangeführt hatte. Dies war also auch der Platz an dem der verstorbene Zuginsasse den Attentäter gesehen hatte. Paul Schulz wähnte sich nun auf der richtigen Spur – das zerstörte Funkgerät war der Beweis, dass der Verstorbene sich nicht getäuscht hatte. Wo, wenn nicht hier würde man fündig werden?

Tom hatte sich zügig in den Wald hinein geflüchtet. Es blieb ihm aber keine Zeit seine wenigen Habseligkeiten aus dem Versteck zu holen. Die Stimmen waren bereits am Waldrand zu hören. Er beschloss also zu fliehen. Die Pistole in der Hand, immer die Entdeckung fürchtend, schlug er sich durch dichtes Gestrüpp in Richtung eines kleinen Moorgebietes. Nur wenige Meter von der Angriffsstelle entfernt kreuzte er vorsichtig die Bahngleise. Die Arbeiten am zerschossenen Zug waren offenbar in der Endphase. Eine zweite Lok hatte die Einsatzstelle erreicht und würde den defekten Zug in Kürze Richtung Ascheberg abschleppen. Der ausgebrannte Waggon war in seine Einzelteile zerlegt und ebenfalls verladen worden.

Tom bewegte sich, in der Deckung eines ausladenden Knicks, weg vom Wald. Sein verletztes Bein schmerzte und er konnte sich nur mit Mühe fortbewegen. In Höhe einer Feldzufahrt schrak er zusammen – nur wenige Meter von ihm entfernt stand eine junge Frau und blickte ihn neugierig an. Versteinert blieb Tom stehen – er war entdeckt worden. Zu seinem Erstaunen lächelte die Frau ihn freundlich an. Dortje wusste sofort wen sie vor sich hatte – doch sie hatte keine Angst. Dortje besaß die Gabe einen Menschen an seinem Blick einschätzen zu können – und bei Tom sah sie keine Gefahr. Hätte er gewollt, hätte er seine Pistole gegen Dortje richten können – doch das kam ihm gar nicht in den Sinn. Dortje sprach kein Wort Englisch und konnte sich nur per Handzeichen verständigen. Um die angespannte Situation zu lösen reichte sie Tom die Hand und lächelte wieder. Tom nahm die Hand, schüttelte diese und lächelte ebenfalls. Dann waren da wieder diese Stimmen, die immer näher kamen. Dortje befürchtete, würden die Suchtrupps Tom bei ihr finden, würden sie ihn vermutlich an Ort und Stelle erschießen. Sie beschloss ihn zu verstecken. Da nicht viel Zeit blieb, wies sie auf den Haufen des zusammengetragenen Brennholzes der mittlerweile eine stattliche Höhe erreicht hatte. Darunter konnte er sich verstecken. Tom begriff schnell und verschwand unter Ästen und Zweigen – Dortje legte noch etwas Holz nach – die Tarnung war perfekt. Schon näherte sich der Suchtrupp mit Paul Schulz an der Spitze. Um möglichst unauffällig zu wirken, begann Dortje wieder mit dem Einsammeln von Holz und tat so als hätte sie den sich nähernden Trupp noch nicht bemerkt. Paul Schulz rief ihr entgegen: „Dortje – du solltest hier nicht alleine herumlaufen. Weißt du denn nicht, dass in diesem Gebiet ein gefährlicher Agent unterwegs ist?". „Ach – ich habe keine Angst – ich kann schon auf mich aufpassen. Und ich glaube nicht dass der hier noch in der Nähe ist – der ist bestimmt schon wieder in Großbritannien und trinkt mit der Queen Tee !!" - Dortje lächelte. Paul Schulz, der Dortje schon seit ihrer Geburt kannte wusste, dass sie vor nichts Angst hatte – und bei der Vorstellung einer königlichen Teerunde musste auch er lachen. Glücklicherweise vergaß der Suchtrupp über das Gespräch mit Dortje die Kontrolle der näheren Umgebung. Paul Schulz wies Dortje an jede ungewöhnliche Beobachtung sofort zu melden und sich ja keiner unbekannten Person zu nähern. Natürlich versprach Dortje dieses zu tun. Dann zog der Trupp – ohne sich um den Holzhaufen zu kümmern – weiter. Tom sah aus seinem Versteck, wie Paul Schulz das Funkgerät unterm Arm trug – und auch Toms Rucksack hatte die Gruppe bei sich.

Dortje fiel ein Stein vom Herzen. Auch wenn sie Tom noch überhaupt nicht kannte, verspürte sie eine unerklärliche Sympathie. Schließlich war sie sich sicher, dass er der gesuchte Agent war, der das Unheil über den Zug und dessen Insassen gebracht hatte. Trotzdem war sie froh, dass er nicht von Paul Schulzens Schergen gefasst worden war.

Tom kroch vorsichtig aus seinem Versteck. Ängstlich schaute er sich um. Erst als er sicher war, dass der Suchtrupp verschwunden war, wandte er sich wieder Dortje zu. Auch er verspürte eine Sympathie gegenüber der jungen, deutschen Frau. Waren doch nicht alle Deutschen brutale Nazis? Sollte es tatsächlich noch so etwas wie Nächstenliebe in Deutschland geben? Wieder lächelten die beiden sich an. Tom brach das Schweigen: „Wie heißt du?", fragte er in seinem besten Uni-Deutsch. Dortje gab ihm Antwort, verwundert über die deutsche Sprache. Schnell kamen die beiden ins Gespräch. Tom bedankte sich bei ihr für die Rettung vor den Nazi-Schergen und Dortje plauderte über ihr Leben in Kalübbe und über ihre Sicht der Lage Deutschlands. Tom fasste vertrauen, setzte sich auf den Holzhaufen und fing an ihr die Geschichte über seinen Werdegang als britischer Spion in Deutschland zu erzählen. Er versuchte ihr zu erklären, dass er nicht ganz freiwillig als Agent unterwegs war. Dass er nicht gewusst hatte, was seine Aufgabe sein würde, und dass er sich schäme für das, was er mit seiner Tat angerichtet habe. Nie habe er gewollt, dass durch sein Mitwirken Menschen sterben würden. Natürlich, das war halt so im Krieg – es sterben Schuldige und es sterben Unschuldige – aber warum musste Tom dafür die Verantwortung tragen? Ihm liefen Tränen über die Wangen. Dortje, die sich neben Tom gesetzt hatte, legte ihren Arm um seine Schulter – so saßen die beiden noch eine ganze Weile da.

Gegen Mittag musste Dortje zurück zum väterlichen Hof. Sie versprach Tom am Nachmittag wieder zu kommen um das gesammelte Holz abzuholen. Tom würde sich solange in einer kleinen Tannenschonung verstecken. Es war nicht damit zu rechnen, dass die Suchtrupps die

Umgebung ein weiteres mal absuchen würden.

Über Nacht waren über Kalübbe Flugblätter abgeworfen worden. Überall lagen die von den britischen Truppen entworfenen Blätter. Es war zwar verboten sich mit den Schriften zu befassen, aber Dortje war zu neugierig als dass sie sich die Blätter nicht durchgelesen hätte. Da stand etwas über die Lage des Krieges und das Deutschland eigentlich schon verloren hätte. Die Bürger sollten gegen Hitler aufgebehren und so den Krieg beenden bevor noch mehr Tote zu beklagen wären. Dortje konnte nicht recht glauben, dass es so schlecht um Deutschland stand.

In den vergangenen Wochen hatten die Angriffe durch britische Flieger zugenommen. So wurden in Schleswig-Holstein die Abwehrmaßnahmen verstärkt. Deutsche Jagdflugzeuge sollten die feindlichen Maschinen bekämpfen. Dazu wurden überall im Lande kleine Feldflugplätze angelegt. Auch Kalübbe erhielt einen Flugplatz in der Nähe des Wohnplatzes „Spannhorn" auf dem einige Maschinen stationiert wurden. Hier war eine Start- und Landebahn angelegt worden indem man den Boden auf einer Länge von ungefähr fünfhundert Metern verdichtet hatte. Links und rechts der Bahn hatte man einige Positionslichter angebracht um ein Starten und Landen auch bei Dunkelheit zu gewährleisten. Diese Beleuchtung wurde aufgrund der Gefahr des Entdeckens durch feindliche Kräfte natürlich nur bei Bedarf eingeschaltet. Im Anflug befindliche Flugzeuge meldeten sich über Funk beim Flugplatzwart. Dieser beleuchtete dann die Landebahn. Waren die Maschinen sicher am Boden wurde das Licht sofort wieder gelöscht. Für das Flugplatzpersonal waren zwei einfache Holzhütten errichtet worden. In einer der Hütten waren die Unterkünfte der Piloten und Mechaniker untergebracht. Der Flugplatzwart – ein altgedienter Wehrmachtsoffizier im Rang eines Oberleutnants – bewohnte die zweite Hütte. Hier hatten sich die Wehrmachtssoldaten zudem eine Bar eingerichtet – und diese wurde auch kräftig genutzt. Auf dem Flugplatz waren vier Maschinen vom Typ Messerschmitt 109 stationiert. Eines der Flugzeuge war jedoch von einem der letzten Einsätze nicht mehr zurückgekehrt. Man ging davon aus, dass das Flugzeug bei einem Luftkampf gegen englische Bomberverbände über der Ostsee abgeschossen worden war.

Bei der Messerschmitt Bf-109 handelte es sich um ein einsitziges Jagdflugzeug mit geschlossener Kanzel und einziehbarem Fahrwerk. Es konnte als Jagdbomber oder Aufklärer eingesetzt werden. Da es nachtflugtauglich war, kam es auch als Nachtjäger zum Einsatz.

Am Mittagstisch saß Dortje gedankenversunken vor ihrem Teller. Mit den Gedanken war sie bei Tom und den Ereignissen der letzten Tage. Es war klar, dass sie niemandem – auch ihren Eltern nicht - von dem Zusammentreffen erzählen durfte. Schließlich war ihr Vater in der Partei – und Dortje war sich nicht sicher, ob er Tom vielleicht verraten würde. Sie beschloss, dass es besser sein würde zu schweigen.

An diesem Tag verzichtete Dortje auf ihren Mittagsschlaf – nach dem Essen war es für sie zur Gewohnheit geworden sich für eine halbe Stunde in der „guten Stube" auf die alte Couch zu legen und zu „dösen" - wie man in der Region zu sagen pflegte. „Dösen" beschreibt in Norddeutschland einen Zustand zwischen Wach und Schlafend. „Dösen" kann man wahlweise im liegen oder auch im sitzen. Heute jedoch hatte Dortje andere Pläne. Heimlich hatte sie etwas Speck und einige Kartoffeln vom Mittagstisch eingepackt und aus dem Vorratskeller eine Flasche selbstgemachten Apfelsaft stibitzt.

Mit dem Pferdegespann machte sie sich auf den Weg, um das am Vormittag gesammelte Holz einzufahren. Das war natürlich nur die halbe Wahrheit – aber davon wusste ja bislang nur Dortje.

Als sie sich dem Ort der morgendlichen Begegnung näherte, sah Tom sie schon von weitem herankommen. Er blickte sich um, und als er sicher war, das niemand anderes in der Nähe war, lief er Dortje entgegen und nahm neben ihr auf dem Wagen Platz. Sie freute sich sichtlich Tom zu sehen – und auch Toms Blick verriet Freude über Dortjes Ankunft. Sie reichte ihm die mitgebrachten Lebensmittel und Tom begann sofort gierig davon zu essen. Da er seinen Rucksack und damit seinen Proviant zurücklassen musste, knurrte ihm nun mächtig der Magen. Er hatte zwar einige unreife Himbeeren gegessen – diese konnten seinen Appetit aber nur kurz stillen.

Dortje hatte sich Gedanken gemacht – wo sollte Tom nun bleiben? Da er keinen Kontakt mehr nach England hatte, würde er Deutschland zunächst nicht verlassen können. Eine Lösung für dieses Problem war nicht in Sicht. Man würde abwarten müssen wie sich die Dinge entwickeln. Zunächst aber brauchte Tom ein sicheres Versteck in dem er vor Wind und Wetter geschützt sein würde. Dortje war zunächst kein Unterschlupf eingefallen – dann aber erinnerte sie sich an eine alte Bauernstelle etwas abseits des Dorfes, die vor einigen Jahren verlassen wurde, aber noch ganz gut „in Schuss" war. Die Stallungen nutzte ein ortsansässiger Landwirt im Winter als Lager für Getreide und Gemüse – der kam aber im Sommer nur selten vorbei. Und der alte Wohntrakt war trocken und in akzeptablem Zustand. Sogar einige Möbel waren noch vorhanden. Hier würde sich Tom wohl einige Zeit verstecken können.

Kaum hatte Dortje an diesem Abend in ihrem Bett gelegen, war von Weitem das Feuerhorn zu hören. Schnell stand sie auf und sah aus ihrem Fenster. Im Süden, vermutlich bei Vierhusen, war heller Feuerschein zu erkennen. In der Diele hörte Dortje ihren Vater aus dem Haus stürmen. Sicherlich würde er bei den Löscharbeiten helfen wollen. Dortje erinnerte sich an den Brand bei Bauer Schwenn vor einigen Tagen. Sollte es erneut Brandstiftung sein? Seit Tagen sprach das Dorf über das Feuer und es gab zahlreiche Gerüchte zur Identität des Brandstifters. Aktuell ging man davon aus, dass Nachbarskinder der Schwenns in der kürzlich abgebrannten Scheune heimlich geraucht und dabei das Feuer entfacht zu haben. Andere behaupteten es sei der vermisste Agent gewesen, der sein Unwesen als Brandstifter trieb. Dortje war sich sicher, das Tom es nicht gewesen war, doch das konnte sie natürlich niemandem sagen.

Dortje saß mit ihrer Mutter bereits am Frühstückstisch, als Klaus Petersen von den Löscharbeiten zurück kam. Er berichtete, das die Strohscheune eines Landwirts aus dem Nachbarort Belau, die in Vierhusen stand, ein Raub der Flammen geworden war. Man hatte erneut Brandstiftung ermittelt. In Verdacht war ein kiegsversehrter Mann gekommen, der vor einigen Monaten aus den Ostgebieten hierher gekommen war. Aufgrund seiner Erlebnisse im Krieg war er psychisch erkrankt. Er wirkte gegenüber der Dorfbevölkerung stets verschlossen – nur selten sprach er ein Wort. Der Entlassungsbericht aus der Wehrmacht hatte ihm ein posttraumatisches Belastungssyndrom bescheinigt. Einem Dorfbewohner hatte er einmal erzählt, dass er an der Ostfront von einem russischen

Soldaten mit einem Spaten angegriffen worden war. Der Russe hatte ihn in einem Schutzgraben überrascht. Nur Bruchteile von Sekunden bevor der Angreifer ihm den Schädel gespalten hätte, war ein Kamerad auf die Situation aufmerksam geworden und hatte den Russen erschossen. Die Leiche war auf ihn gefallen – aus der Innentasche des Toten war ein Foto einer Frau und zweier Kinder gefallen. Von diesem Vorfall hatte er sich nie wieder erholt. Seither litt er an Angstzuständen, Panikattacken und hatte Schwierigkeiten Kontakte zu anderen Menschen zu knüpfen. Karl Paulicz, so hiess der Verdächtigte, war etwas Abseits des Brandortes aufgefallen. Als Paul Schulz, der wiederum die Ermittlungen vor Ort übernommen hatte, ihn ansprach, fiel auf, dass er leichte Verbrennungen an den Händen hatte. Zudem waren Rußspuren zu erkennen. Schulz ging davon aus, dass Paulicz die Scheune angesteckt habe und sich anschließend sein Werk aus der Ferne ansehen wollte. Bis zum Eintreffen der Ermittler aus Plön hatte Schulz den Verdächtigten festgenommen und im Kalübber Feuerwehrgerätehaus in der Dorfstraße eingesperrt. Ein Parteigenosse war abgestellt worden und hielt vor dem Gebäude Wache.

Am Morgen kam das erwartete Team von Ermittlern in Kalübbe an. Paulicz wurde nach Plön gebracht um dort durch Parteigenossen verhört zu werden. Später hörte man, dass er ins Arbeitserziehungslager Nordmark in Kiel verbracht worden war. Die Brandstiftung war für die Bevölkerung damit zunächst aufgeklärt.

7. Kapitel „Der Absturz"

Der Angriff hatte erneut Kiel gegolten – doch schon beim Anflug auf die Stadt war der britische Lancaster Bomber von der deutschen Flugabwehr beschossen worden. Ein Splitter traf das rechte, äußere Triebwerk und setzte es in Brand. Die Maschine war so stark beschädigt, dass sie nicht mehr in der Luft zu halten sein würde. Über Kirchbarkau warf die Besatzung die Bombenlast ab – glücklicherweise verfehlte die tödliche Fracht den Ort und verwandelte lediglich ein Weizenfeld in eine Kraterlandschaft. Zwei der britischen Zehn-Zentner-Bomben fielen in den Bothkamper See. Der Pilot suchte eine geeignete Stelle um eine Notlandung zu versuchen.

Die Maschine kam aus nördlicher Richtung – über Depenau schwenkte sie, eine dichte Rauchfahne hinter sich herziehend, nach Osten ein und verlor schnell an Höhe. Nur knapp schaffte sie es noch die Baumwipfel des Waldes im Kalübber-Holz zu überfliegen. Dann setzte das Flugzeug in einem Getreidefeld nahe des Hofes Kiekbusch auf. Bei Aufsetzen war das Bugrad im weichen Boden versunken und abgebrochen. Die Maschine überschlug sich mehrfach und blieb dann, ein Trümmerfeld hinterlassend, liegen.

Paul Schulz lief ein Schauer über den Rücken als er an der Absturzstelle eintraf. Von der siebenköpfigen Besatzung konnte niemand überlebt haben – zu schwer waren die Zerstörungen. Doch er sollte sich irren. Bei den Aufräumarbeiten waren sechs Leichen gefunden worden. Der Pilot war verschwunden – und bei näherer Untersuchung war den herbeigerufene Spezialisten sofort aufgefallen, dass das Bordfunkgerät des Flugzeuges offenbar noch nach dem Absturz ausgebaut worden war. Dort wo einst das Funkgerät eingebaut war, ragten nunmehr lediglich noch einige Drähte heraus. Da im Cockpit die Schrauben der Halterungen gefunden wurden, ging man davon aus, dass das Funkgerät nicht beim Aufprall herausgerissen worden war, sonder irgendjemand – vermutlich der Pilot – das Gerät abgeschraubt und an sich genommen hatte.

Tom war von seinem neuen Versteck mehr als begeistert – hier würde er es schon einige Zeit aushalten können. Und Dortje würde ihn mit allem Nötigen versorgen bis eine Lösung gefunden wäre. Vom Hof aus konnte Tom den einzigen Weg der zum Anwesen führte gut beobachten. So waren ungebetene Besucher rechtzeitig auszumachen. Das Versteck war perfekt. Am folgenden Tag war Dortje bereits am Vormittag unter dem Vorwand etwas „Grünzeug für die Kaninchen" pflücken zu wollen aufgebrochen. Aus dem Schrank ihres Vaters hatte sie einige Kleidungsstücke entwendet – dabei hatte sie die Stücke an sich genommen, die jeweils ganz unten lagen, in der Hoffnung diese würde Klaus Petersen am wenigsten vermissen. Dazu brachte sie für Tom einige Decken und Lebensmittel für die ersten Tage mit.
Stundenlang saßen die beiden nun täglich zusammen und erzählten sich ihre Lebensgeschichten. Dortje versorgte Toms Wunde täglich mit frischem Verbandstoff, so

dass er bald kaum mehr etwas von der Verletzung spürte. Sie brachte auch stets die aktuellen Neuigkeiten des Krieges mit, die sie bei ihrem Vater oder im Radio aufgeschnappt hatte. Bereits nach wenigen Tagen hatten beide das Gefühl sie würden sich schon jahrelang kennen.

Paul Schulz nahm die Spur von abgeknickten Getreidehalmen die von der Absturzstelle wegführten als erster wahr. Mit einigen seiner Parteigenossen war er dieser gefolgt und hatte nahe des Waldrandes den schwer verletzten Piloten aufgespürt. Dieser hatte sich hier mit letzter Kraft versucht in Sicherheit zu bringen. Nun war er in den Fängen des Ortsgruppenleiters. Noch vor Ort begann Schulz mit seinem Verhör. Wer er sei, und was sein Auftrag gewesen sei, wollte er von dem Engländer wissen. Dieser war aber zu keiner Kommunikation bereit. Offenbar hatte er sich mit der aussichtslosen Situation bereits abgefunden. Was hatte er zu verlieren? Seine Verletzungen würden ihm vermutlich das Leben kosten. Warum sollte er den Nazis nun noch Informationen liefern. Schulz bemerkte schnell, dass er den Willen des Briten nicht mehr würde brechen können. Ihn ärgerte vor allem, dass er nicht aus ihm herauspressen konnte, wo das verschwundene Funkgerät geblieben war. Es würde Paul Schulz nichts anderes übrig bleiben als in einer erneuten Suchaktion nach dem Gerät zu suchen. Vermutlich hatte es der Verletzte irgendwo in der Umgebung versteckt, um damit später Hilfe holen zu können.

Der Schuss war bis ins Dorf zu hören. Am Nachmittag verließ ein Wehrmachts-LKW das Dorf mit unbekanntem Ziel – auf der Ladefläche sieben tote, englische Soldaten.

Tom hatte aus seinem Versteck den Absturz des englischen Bombers mitbekommen. Er hoffte, Dortje würde ihm bei ihrem angekündigten Besuch am Nachmittag mehr über den Vorfall berichten können. So konnte er ihr Erscheinen gar nicht abwarten. Kaum das sie in der Tür stand, überschüttete er sie bereits mit Fragen. Hatte einer der Besatzung überlebt? Wäre es möglich, dass sich da draußen noch ein Engländer befand, der auch nach Hause wollte? Tom war voller Hoffnung. Doch Dortje hatte nur schlechte Nachrichten. Als sie Tom erzählt hatte, was ihr Vater von dem Vorfall am Mittagstisch berichtet hatte, schwand bei Tom wieder jegliche Hoffnung auf eine schnelle Rettung.

Doch als Dortje vom verschwundenen Funkgerät sprach, erhellten sich Toms Blicke wieder. Das wäre eine Chance – würde er das Gerät finden bevor es den Parteimitgliedern um Paul Schulz in die Hände fiel, hätte er vielleicht eine Chance damit Hilfe zu holen. Doch konnte das Gerät bei dem Absturz tatsächlich unbeschädigt geblieben sein? War das Gerät vielleicht vor der Bruchlandung von der Besatzung aus dem Flugzeug geworfen worden damit es nicht in feindliche Hände fiele? Tom blieb nur ein winziger Funken Hoffnung. Und ihm blieb nicht viel Zeit. Sicherlich würde Paul Schulz schon morgen mit einem Suchtrupp aufbrechen.

Er musste also noch heute zum Ort des Geschehens und nach dem Funkgerät suchen.

Dortje fuhr mit dem Pferdegespann in Richtung Kiekbusch – unter einer Ladung Heu versteckt verharrte Tom und konnte es kaum erwarten mit seiner Suche zu beginnen. Als sie die Absturzstelle passierten, konnte er aus seinem Versteck heraus den völlig zerstörten Bomber erkennen. Noch immer war hier reges Treiben. Arbeiter – vermutlich wiederum Kriegsgefangene – waren gerade dabei die

Reste des Flugzeugrumpfes mit Schneidbrennern in Einzelteile zu zerlegen. Mehrere große Lastkraftwagen waren zu sehen, die mit Flugzeugteilen beladen wurden. Ein zerbeulter Propeller, der offenbar beim Absturz abgerissen war, steckte im Stamm einer großen Buche am Wegrand. Nun dauerte es nicht mehr lange und Dortje bog in den Waldweg ein, der ins Kalübber-Holz führte. Sie stoppte ihr Gespann und beobachtete zunächst die Umgebung. Erst als sie sicher war, dass sich niemand in der Nähe aufhielt, gab sie Tom ein Zeichen – und der sprang aus seinem Versteck. Ohne Zeit zu verlieren begann er mit der Suche. Am Waldrand fand er schnell die Stelle, an der sich der Pilot versteckt haben musste. Eine große Blutlache ließ Tom erschaudern. Hier also hatte man den Engländer getötet. Doch Tom hatte keine Zeit sich länger mit dem verbrecherischen Tun zu befassen. Er musterte die Umgebung und versuchte sich in die Situation des verletzten Piloten zu versetzen. Wo hätte er selbst das Funkgerät versteckt, wäre er in der Lage des Piloten gewesen? Tom suchte den Waldrand ab, dabei hielt er Ausschau nach frischen Spuren. Er blickte hinter die Bäume und untersuchte jeden Reisighaufen. Sogar einen alten Fuchsbau untersuchte er, fand aber nichts. Dortje hielt derzeit Ausschau nach möglichen Passanten. Einmal schlug sie kurz Alarm, als sich Hans Busch mit seinem Mercedes näherte. Der Landwirt hielt kurz an als er Dortje sah. Sie sprach mit ihm und erklärte, sie wolle Waldmeister für eine Bowle sammeln. Kurz sprachen sie noch über den Absturz und den erschossenen Piloten. Paul Schulz hatte behauptet der Pilot wäre von ihm erschossen worden, als dieser versucht hatte zu fliehen. Das glaubte ihm im Dorf zwar niemand, doch keiner traute sich der Sache weiter nachzugehen. Viele Bürger hatten mittlerweile Angst vor Paul Schulz.

Dortje grüßte noch freundlich und dann sah Tom, wie sich der Mercedes wieder in Gang setzte und Hans Busch davonfuhr.

Auch nach drei Stunden intensivster Suche war das Funkgerät nicht gefunden. Tom gab schließlich deprimiert auf. Der letzte Faden Hoffnung war gerissen – würde er je eine Chance bekommen Deutschland wieder zu verlassen? Dortje kehrte mit Tom zurück in den abgelegenen Hof. Sie versuchte Tom aufzumuntern indem sie ihm von den neuesten Gerüchten erzählte. Man sagte, die alliierten Truppen würden eine Invasion in Nordfrankreich planen. Dortje glaubte zwar nicht daran, dass es möglich sein würde die deutsche Verteidigung zu durchdringen, aber das sagte sie Tom nicht.

Die von Paul Schulz aufgestellten Suchtrupps fanden nichts – das Funkgerät blieb verschwunden. Schließlich stellten auch die Nazis ihre Suchaktion ein.Vermutlich war das Funkgerät doch beim Absturz zerstört worden.

In dieser Nacht gab es wieder einen Bombenangriff auf die Landeshauptstadt Kiel. Ziel waren diesmal die Werftanlagen und die U-Bootbunker. Mit über einhundert Maschinen flogen die britischen Verbände die Stadt an und übersäten diese mit ihren Spreng- und Brandbomben. Zahlreiche Menschen kamen ums Leben. Von den angreifenden Flugzeugen wurden mindestens fünfzehn abgeschossen.
Dortje wurde jäh aus dem Schlaf gerissen, als mehrere Detonationen das Dorf erschütterten. Was war passiert? Dortje befürchtete zunächst einen erneuten Absturz eines Bombers, doch erkennen konnte sie nichts. In der Ferne sah sie wieder den rotglühenden Himmel über Kiel.
Sie versuchte weiter zu schlafen.
Am Frühstückstisch berichtete Dortjes Vater von Bombeneinschlägen im Kalübber-Holz.

Ein angeschossener Flieger hatte die Bomben wohl unkontrolliert abgeworfen – ein sogenannter Notabwurf. Der Weg durch den Wald soll aufgrund der Explosionen unpassierbar sein. Zahlreiche Bäume waren umgestürzt. Links und rechts des Weges waren tiefe Krater entstanden, die sich langsam mit Wasser füllten. Glücklicherweise gab er keine Verletzten – lediglich einige Fensterscheiben sollen bei Langensehden zu Bruch gegangen sein.

An die zwanzig Bürger waren zusammengekommen um sich die Zerstörungen im Wald anzuschauen. Auch Dortje wollte sich ein Bild von der Zerstörungskraft machen. Gemeinsam mit zwei Freundinnen stand sie sprachlos vor einem der Krater. Durch die Explosion war ein Loch mit einem Durchmesser von bestimmt acht Metern und einer Tiefe von an die drei Metern entstanden. Unvorstellbar, was passiert wäre, wenn eine der Bomben ein Gebäude getroffen hätte. In den Stämmen der umstehenden Bäume steckten zahlreiche Metallsplitter – sicher vom Bombenkörper, dachte Dortje. Gerade wollte sie sich auf den Weg nach Haus machen, als sie am Rande eines etwas abseits gelegenen Bombentrichters etwas glänzendes bemerkte. Vorsichtig stieg sie über liegende Bäume und aufgeschüttetes Erdreich. Zunächst dachte sie, das Glänzen käme von einem der herumliegenden Metallsplitter, doch dann erkannte sie einen verdreckten Metallkasten, aus dem einige Drähte hingen. Dortje war schnell klar was das war. Hier also hatte der Pilot das Funkgerät vergraben. Durch die Wucht der Explosionen war es aus dem Erdboden an die Oberfläche befördert worden und lag nun frei. Dortje musste schnell handeln. Sie blickte sich um – und als sie sicher war, dass sie niemand beobachtete, warf sie etwas lockere Erde über das Gerät. Nun war es nicht mehr zu erkennen. Dortje verabschiedete sich von ihren Freundinnen, die immer noch sprachlos wirkten und machte sich nun auf den Heimweg, immer darauf bedacht möglichst unauffällig zu wirken.

8. Kapitel „Das Funkgerät"

Tom saß am Tisch, seine Augen funkelten voller neu entflammter Hoffnung. Das Funkgerät aus dem abgestürzten Bomber könnte seine Rettung sein. Er konnte es nicht erwarten endlich aufzubrechen um das Gerät aus dem Krater zu bergen. Doch er musste sich gedulden. Bei Tageslicht wäre es zu gefährlich. Er würde sich mit Dortje, sobald es dunkel war, dort treffen, wo die beiden sich erstmals begegnet waren – so war es verabredet. Tom sah auf die Uhr – es war erst drei Uhr am Nachmittag – vor elf Uhr würde es sicherlich nicht dunkel werden. Die Zeit bis zu seinem Aufbruch kam ihm unendlich vor.

Die Nacht war wolkenverhangen – das kam Dortje sehr gelegen als sie sich heimlich aus der elterlichen Wohnung stahl. Um später wieder unbemerkt ins Haus zu kommen, hatte sie ihr Zimmerfenster einen Spalt weit offen gelassen. Niemand bemerkte ihr nächtliches Verschwinden.

Als Dortje am verabredeten Treffpunkt eintraf, war Tom bereits da. Erst als er ganz sicher war, das es Dortje war, die sich ihm näherte, kam er aus dem Unterholz hervor. Dortje war erleichtert ihn zu sehen, immerhin war es ein Risiko sich außerhalb des sicheren Unterschlupfes zu bewegen.

So machten sich die beiden auf den Weg zum Kalübber-Holz. Um nicht gesehen zu werden, bewegten sich sich so weit möglich in der Deckung von Knicks – nur selten liefen sie querfeldein. Niemals bewegten sie sich aber auf öffentlichen Wegen. Nach einer halben Stunde hatten sie die Krater erreicht. Dortje wies Tom den Weg und nach kurzer Suche war das versteckte Gerät gefunden. Aufgeregt inspizierte Tom das völlig verdreckte Funkgerät. Obwohl nur sehr wenig in der Dunkelheit zu erkennen war, bemerkte er dennoch einen größeren Schaden. Im Gehäuse klaffte ein etwa zehn mal zehn Zentimeter großes Loch aus dem Drähte hingen. Hier schien ein Metallsplitter eingedrungen zu sein. Toms Hoffnung, das Gerät würde noch funktionieren, sank. Dennoch nahmen die beiden das Funkgerät mit. Bei Tageslicht würden die beiden den Schaden später inspizieren. Auf dem Rückweg in Richtung des Dorfes dankte Tom Dortje mehrfach für ihre selbstlose Unterstützung. Ohne sie wäre er verloren gewesen. Schon vor einigen Tagen hatte er bemerkt, dass sich seine Laune stets aufhellte, wenn er mit ihr zusammen sein konnte. Und auch Dortje schien ähnliche Gefühle zu hegen. Tom war aufgefallen, dass sich ihre Wangen manchmal röteten, wenn er mit ihr sprach oder sie beiläufig berührte. Am Ortseingang trennten sich die Wege der beiden. Tom schlich – das

Funkgerät über seine Schultern gehängt - weiter in Richtung seiner Unterkunft und Dortje folgte der Straße „Hössen" zum Hof ihrer Eltern. Ihr fiel ein Stein vom Herzen, als sie das Fenster so vorfand, wie sie es sich erhofft hatte. Sie konnte es leicht nach innen aufschieben. Und im Schutz der Dunkelheit war es ein leichtes ungesehen einzusteigen. Niemand hatte ihren nächtlichen Ausflug bemerkt. Erschöpft fiel Dortje ins Bett – doch die Gedanken an Tom ließen sie noch lange wachliegen.

Der Sonnenaufgang hatte es offenbart - es war ein Desaster. Das Empfangsteil des Funkgerätes war nahezu zerstört. Überall hingen Kabel heraus. Eine Platine war gebrochen und im Gerät lagen Glassplitter – vermutlich von einer zerbrochenen Radioröhre. Tom war schnell klar, dass er ohne entsprechende Ersatzteile das Funkgerät nicht mehr würde instand setzen können. Die Lage war erneut aussichtslos. Tom hatte nun seinen letzten Strohhalm an den er sich klammern konnte verloren. So wie die Sache stand, würde er nicht mehr nach England zurückkehren können. Nun konnte nur noch ein Wunder helfen. Dortje war den Tränen nahe – hatte sie doch gehofft Tom könne das Gerät reparieren. Die beiden saßen stumm nebeneinander und blickten sich an. „In den Augen spiegelt sich die Seele, sagt man". Kaum hatte Dortje den Satz ausgesprochen, hatte Tom sie an sich gezogen. Dortje fühlte seine starken Arme und spürte eine bislang ungekannte Geborgenheit. Als Tom sie zärtlich küsste, versank sie in eine Welt aus tausend Träumen. Aber da war auch Unsicherheit, schließlich legte der Mann alles daran von hier – von Dortje – wegzukommen. Sie konnte ihre Gedanken nicht ordnen, zu widersprüchlich war das Ganze. Dortje liebte diesen britischen Agenten - alleine das brachte, wenn es raus käme, eine Menge Probleme mit sich. Doch der Moment ließ sie die Situation einfach genießen.

Die Idee war Dortje gekommen als sie nach Hause gekommen war Ihr Vater hörte wie jeden Tag abends die Meldungen des „Großdeutschen Rundfunks" zur Kriegslage. Und manchmal hörte er, ganz heimlich, auch den Feindsender BBC. Das war natürlich streng verboten und musste uner allen Umständen geheim bleiben. Doch nur hier wurde ohne Umschweife die Wahrheit über die Kriegslage gesagt, das wusste Klaus Petersen. Heute wurde das Programm des „Großdeutschen Rundfunks" – wie so oft –

für Luftlagemeldungen unterbrochen. Dann hörte man nur noch Informationen zu anfliegenden Bomberverbänden und deren derzeitiger Position. Im vergangenen Jahr war Dortje mit ihren Eltern in Kiel gewesen – ihr Eltern hatten in einem Kaufhaus für Elektroartikel das Radio vom Typ „Volksempfänger" gekauft. Dortjes Mutter nannte das Gerät immer „Goebbelsschnauze", ganz zum Missfallen ihres Mannes. Elke Petersen hielt nichts von den Nationalsozialisten – und Joseph Goebbels war ihr derart zuwider, dass sie das Radio immer ausschaltete, wenn er dort seine Parolen verbreitete. Dortje wusste, das der Elektroladen auch Ersatzteile für die Geräte anbot – konnte es sein, dass es hier auch die benötigten Teile für das Funkgerät gab? Dortje hatte einen Plan, Niemals würden ihre Eltern ihr erlauben nach Kiel zu fahren. Dazu war die Lage in der Stadt viel zu gefährlich. Aber Dortje hatte in Preetz eine gute Freundin, Martha. Diese besuchte sie regelmäßig alle halbe Jahr. Und der nächste Besuch war lange fällig. Dortje würde also nach Preetz fahren und für einige Tage bei Martha bleiben. Dann würde sie einfach einen Tag früher als mit ihren Eltern verabredet in Preetz aufbrechen und nach Kiel fahren. Wenn alles glatt lief würde

Dortje dort die Teile besorgen und dann am darauffolgenden Tag pünktlich wieder in Kalübbe aus dem Zug steigen. Niemand würde erfahren dass sie in Kiel gewesen wäre.

Tom war von der Idee zunächst nicht sehr begeistert, viel zu sehr hatte er Angst, dass Dortje etwas zustoßen könnte. Doch Dortje war fest entschlossen ihren Plan umzusetzen. Kurzerhand hatte sie einen Brief an Martha geschrieben und ihren Besuch für den folgenden Montag avisiert.

9. Kapitel: „Bomber"

Der Zug fuhr um zehn Minuten vor neun – Dortje ließ sich von ihrem Vater mit dem Pferdegespann zum Kalübber Bahnhof fahren. Am Vortage hatte sie sich lange von Tom verabschiedet. Es war ihr schwer gefallen ihn in seinem Versteck zurücklassen zu müssen. Sie hatten sich bis spät in den Abend in den Armen gelegen und über ihre Zukunft nachgedacht. Tom hatte Dortje genau aufgeschrieben welche Teile er für die Instandsetzung des Funkgerätes benötigte. Es waren im ganzen zwar nur zwei Teile, nämlich eine Radioröhre vom Typ LB-8 und ein Kondensator. Diese waren aber für die Funktion des Gerätes unentbehrlich. Dortje hatte sich ihr Erspartes aus der Spardose genommen – damit würde sie die Bahnfahrt nach Preetz, Kiel und zurück als auch die Ersatzteile sicherlich bezahlen können. Und von ihren Eltern hatte sie ebenfalls etwas „Reisegeld", wie sie es nannten, bekommen. Klaus Petersen setzte Dortje also am Kalübber Bahnhof ab. Wie immer bat er sie auf sich aufzupassen. Am Donnerstag würde er Dortje hier pünktlich um zehn Uhr wieder abholen. Als der Regionalzug über Ascheberg nach Preetz schnaufend hielt, winkte Dortje ihrem Vater zum Abschied zu und stieg ein.

Die Fahrt dauerte nur zwanzig Minuten – dann war der Preetzer Bahnhof erreicht. Am Bahnsteig wartete schon Martha sehnsüchtig auf das Wiedersehen mit Dortje. Die beiden fielen sich in die Arme und freuten sich auf die bevorstehenden Tage. Gemeinsam gingen sie zu Marthas Elternhaus in der Gasstrasse, nicht weit vom Bahnhof entfernt. Die beiden Frauen hatten immer viel Spaß gemeinsam. Bei Dortjes letztem Besuch hatten sie sich gemeinsam im Kino den neuen Film mit Heinz Rühmann angesehen. Sie hatten viel gelacht und waren im Anschluss noch in einem Cafe gewesen. Martha hatte hier einen jungen Mann kennengelernt und sich in ihn verliebt. Leider war er kurze Zeit später zur Wehrmacht eingezogen worden. Anfangs hatten die beiden sich noch Briefe geschrieben – doch seit etwa zwei Monaten hatte Martha nichts mehr von ihm gehört. Es hieß er sei an der Ostfront vermisst. Martha machte sich natürlich große Sorgen – und so kam ihr der Besuch Dortjes sehr gelegen, versprach er doch etwas Zerstreuung. Schnell bemerkte Martha aber, dass auch Dortje mit ihren Gedanken häufig ganz wo anders war. Doch Dortje wollte scheinbar nicht darüber sprechen – das akzeptierte Martha. So vergingen die gemeinsamen Tage dann wie im Fluge. Am Mittwoch verabschiedete sich Dortje von Martha und versprach in einigen Monaten wieder zu kommen. Gegen elf Uhr bestieg Dortje den Zug nach Kiel. Martha bekam zwei Wochen später ein Telegramm – ihr Freund war gefallen.

Der Kieler Hauptbahnhof lag in Trümmern - der Zug konnte nicht direkt in das Bahnhofsgebäude   einfahren und musste etwa zweihundert Meter entfernt halten. Die Passagiere   stiegen   über   einen

Behelfsbahnsteig aus. Entlang der Gleise ging man nun in Richtung des Bahnhofs. Dortje erschrak, als sie die Zerstörungen sah. Das Glasdach war kaum noch vorhanden. Die Fenster lagen, in tausend Teile zersprungen, im Gleisbereich. Einige ausgebrannte Waggons standen herum und eine Lok lag vor dem Gebäude auf dem Bahnhofsvorplatz. Scheinbar war sie durch eine heftige Explosion hierher geschleudert worden. Überall waren zerstörte Häuser zu sehen. Die Trümmerberge waren gigantisch. In den Straßen sah Dortje unzählige Menschen, die versuchten die Wege vom Schutt zu befreien. Diese Aufgabe schien Dortje jedoch aussichtslos angesichts der schier unglaublichen Mengen an Schutt und Dreck. Als sie den Bahnhofsplatz verlassen hatte, ging Dortje hinunter zu den Kaianlagen. Von hier konnte sie die Werftanlagen gut sehen – jedenfalls das was von ihnen übrig war. Über einem der Werftkräne war eine dichte Rauchsäule zu erkennen. Der Angriff der vergangenen Nacht hatte hier wohl zu einem Feuer geführt welches bislang nicht gelöscht war. In einem der Docks lag ein in Bau befindliches U-Boot vom Typ VIIC. Diese U-Boote sollten den Kriegsverlauf entscheidend beeinflussen – so wurde es von der Propaganda jedenfalls verbreitet. Aber während die Boote Anfangs noch erfolgreich die Tonnagen der feindlichen Schiffe reduzieren konnten, waren sie später immer mehr zu schwimmenden Särgen für die Besatzungen geworden. Kaum ein U-Boot überstand mehr als zwei Feindfahrten. Dazu trugen die weiterentwickelten Techniken der Kriegsgegner bei, denen es seit einiger Zeit möglich war, die Boote auch unter Wasser zielsicher zu orten und zu bekämpfen. Von den vierzigtausend deutschen U-Bootmännern kamen im Laufe des Krieges etwa dreißigtausend ums Leben. Viele trugen durch die Strapazen und die Erlebnisse im U-Bootkrieg psychische Verletzungen davon die ihr Leben lang anhielten.

Als Dortje das Kieler Rotlichtviertel erreichte, war sie verwundert, dass hier offenbar noch immer den Geschäften nachgegangen wurde. Waren auch hier kaum noch Fensterscheiben in den Rahmen, so waren diese einfach mit Decken verhängt worden. Vor dem Gebäude standen einige Damen die den vorbeikommenden Matrosen ihre Dienste anboten um dann mit ihnen in eben den Räumen mit den verhängten Fenstern zu verschwinden. In Höhe des Kieler Schlosses, welches auf unerklärliche

Weise unversehrt war, konnte Dortje den großen U-Boot-Bunker auf dem gegenüberliegenden Fördeufer erkennen. Hier lief gerade ein U-Boot zu einer Fahrt gegen den Feind aus. Dortje sah wie sich das Boot langsam auf die Förde hinaus bewegte. Die Besatzung war auf dem Deck angetreten – eine Musikkapelle spielte „den Abschiedsmarsch". Weitere Boote lagen in den Bunkeranlagen – vor Bomben durch meterdicken Beton geschützt.

Als Dortje am Hindenburgufer entlang schritt, konnte sie ein reges Treiben auf dem Wasser erkennen. Zahlreiche Kriegsschiffe lagen vor der Einfahrt zum Kaiser-Wilhelm-Kanal. Ein U-Boot lief gerade nach Kiel ein. Am Turm waren schwere Schäden erkennbar. „Die haben noch einmal Glück gehabt", dachte Dortje.

Im Kriegshafen waren nur wenige Schiffe vertäut. Die meisten waren wohl auf See – und der Nachschub an Schiffen stagnierte seit Anfang des Jahres. Nun waren es nur noch wenige Meter bis zum Geschäft für Elektroartikel im Stadtteil Wik. Mittlerweile war es sechzehn Uhr geworden - Dortje hoffte, dass der Laden noch existierte und um diese Zeit auch noch geöffnet haben würde. Schon von weitem, als sie gerade die Prinz-Heinrich-Straße erreicht hatte, konnte

Dortje den Laden erkennen. Er war offenbar unversehrt – die Tür öffnete sich mehrfach und Menschen kamen heraus oder gingen hinein. Nun würde sie gleich erfahren, ob man ihr die erforderlichen Ersatzteile hier verkaufen konnte. Sie war nur noch wenige Schritte von der Ladentür entfernt als plötzlich die Luftschutzsirenen heulten. „Fliegeralarm" hörte man die Rufe der Passanten, die sich unverzüglich auf den Weg in die zugewiesenen Schutzräume begaben. Dortje bekam große Angst – sie wusste nicht wo sie sich in Sicherheit bringen konnte. Schließlich schloss sie sich einer Gruppe junger Frauen an, die aus einem Bürogebäude stürmten und in Richtung Feldstraße liefen. Nach wenigen Minuten hatten sie einen großen Bunker erreicht, der mit seinen dicken Wänden auf Dortje sehr bedrohlich wirkte. Am Eingang stand ein Luftschutzwart und wies die ankommenden Personen ein. Dortje wurde im unteren Bunkerbereich ein Platz auf einer Holzbank zugewiesen. Hier hatte sie sich während des zu erwartenden Angriffs aufzuhalten. Die Atmosphäre war bedrückend. Immer mehr Menschen drängten in den Schutzraum. Nach einer Weile waren alle Sitzplätze besetzt. Trotzdem kamen noch zahlreiche Menschen dazu, die sich auf den Boden setzten. Dortje bot einer älteren Dame ihren Platz an und setzte sich auf den nackten Betonfußboden. Irgendwo im Bunker verkündete ein Radio die einfliegenden Bomberverbände. Sie waren über die Nordsee gekommen und befanden sich derzeit über St. Peter-Ording. Man vermutete, das die Maschinen Kiel anfliegen würden. Möglich wäre aber auch, dass die Verbände nach Hamburg abdrehten oder über Schleswig-Holstein hinweg fliegen würden. Dann wären Rostock-Warnemünde oder Berlin wahrscheinliche Ziele. Dortje hoffte, das Kiel verschont bleiben würde. Sie hatte Angst, versuchte sich diese aber nicht anmerken zu lassen. Doch das gelang ihr nur ansatzweise – unwillkürlich begannen ihre Beine und ihre Hände nervös zu zittern. Neben Dortje saß eine Frau mittleren Alters. Diese bemerkte schnell Dortjes Nervosität und sprach sie an. „Ist das dein erster Luftangriff im Bunker? - Du kannst ganz beruhigt sein. Die Wände sind dick genug um auch die größten Bomben abzuhalten. Und wenn doch mal eine durchgeht, dann wirst du das nicht mehr mitbekommen." Sie lachte über ihren morbiden Scherz. Doch Dortje hatte das Gefühl, dass die Frau es durchaus ernst meinte. Sie hatte wahrscheinlich schon viele

Nächte hier verbracht – das hatte ihre Sicht auf das Leben und Überleben offenbar verändert. Sie lebte von einem Angriff zum nächste. Dazwischen versuchte sie irgendwie zu überleben. Von diesen Menschen gab es viele im Bunker.

Gegen siebzehn Uhr spürte man die ersten Explosionen. Ein zittern ging durch den massiven Betonklotz. Von der Decke rieselte feiner Staub. „Die Bomben fallen weit ab – vermutlich über der Werft", sagte die Frau. Doch schon wenig später gab es einen unbeschreiblichen Knall – das Licht ging aus und man hörte vereinzelt Menschen vor Angst aufschreien. Auf die Explosion folgten dann zahlreiche weitere. Dortje hatte Todesangst – ihr liefen Tränen über die Wangen. Als das Notlicht eingeschaltet war, sah man das aus der Bunkerwand handtellergroße Betonstücke abgeplatzt waren und überall verstreut lagen. Ein junger Mann war von einem dieser Stücke am Kopf getroffen worden und blutete. Sofort kam ein Sanitäter und legte ihm einen Verband an. Draußen ging das Inferno weiter. Der Bunker erzitterte immer wieder – und Dortje hatte manchmal das Gefühl die Wände würden dem Druck der Explosionen nicht mehr lange standhalten können. Doch die Frau neben ihr blieb gelassen: „Die haben es auf den Kriegshafen abgesehen. Da kann es schon mal ganz schön ungemütlich werden hier drinnen." Es knallte noch einige Male, dann wurden die Explosionen weniger und verstummten schließlich ganz. Die Luft im Bunker war zum schneiden – ein Geruch von Angstschweiß, gemischt mit Betonstaub machte das Atmen schwer. Und jegliche Atemluft war ohnehin schon durch mehrere Lungen gegangen. Dortje war übel – wann würde der Luftalarm denn endlich aufgehoben? Es dauerte noch einmal zehn Minuten, dann gab es Entwarnung. Die schweren Eisentüren wurden geöffnet. Doch von frischer Luft war auch draußen nichts zu spüren. Zahlreiche Gebäude waren in Flammen aufgegangen – der Brandrauch lag schwer in der Luft. Ein Gebäude gegenüber des Bunkers hatte einen Volltreffer abbekommen, nun lag dort nur noch ein Trümmerhaufen. Der Angriff hatte über drei Stunden gedauert. Nun war es bereits kurz von acht Uhr am Abend. Der Laden würde heute sicherlich nicht mehr öffnen. Dennoch machte sie sich erneut auf den Weg in die Prinz-Heinrich-Straße. Das große Schaufenster war durch die Druckwelle einer Explosion zersprungen – nun war der Ladenbesitzer dabei, das Fensterloch mit Brettern zu vernageln. Dortje trat heran und sprach ihn an: „Guten Tag – darf ich sie kurz stören?" Der Herr knurrte nur ein kurzes: „Sehen sie nicht, dass ich beschäftigt bin? Kommen sie morgen wieder !!" „Aber ich brauche dringend einige Ersatzteile – ich komme extra deswegen nach Kiel !!!", erwiderte Dortje. „Heute geht hier nichts mehr – morgen sind wir ab sieben Uhr wieder für sie da", sagte der Ladenbesitzer. „Ich bitte sie – können sie mir nicht ausnahmsweise noch etwas heute verkaufen? Ich wäre ja schon früher gekommen, wenn nicht der Angriff dazwischen gekommen wäre !!", Dortje brach in Tränen aus. Morgen würde ihr Zug um acht Uhr fahren – es war unmöglich die Teile zu kaufen und dann noch den Zug zu erreichen. Gerade wollte sie betrübt gehen, als der Ladenbesitzer ihre Tränen bemerkte. „Na – was ist denn nun los? Wenn es ihnen so wichtig ist – was brauchen sie denn?". Dortje fiel ein Stein vom Herzen. Sie reichte ihm den Zettel mit der Beschreibung der Ersatzteile und der Herr verschwand in seinem Lagerkeller. Nach nicht einmal fünf Minuten kam er mit den gewünschten Teilen zurück. Dortje zahlte und bedankte sich tausendmal für die Hilfe. Nun würde Tom das Funkgerät sicherlich reparieren können. Dortje fiel ein Stein vom Herzen. Sie machte sich auf den Weg zum Bahnhof. Im Kriegshafen war ein Schiff gesunken und lag kieloben – ein weiteres stand in Flammen. Als sie wieder am Rotlichtviertel der Stadt vorbei kam, war das Gebäude vor dem noch vor wenigen Stunden die Damen gestanden haben nicht mehr da. Helfer bargen gerade mehrere Leiche aus den Trümmern. Dortje meinte einige der Frauen wiederzuerkennen – sie wurden in Decken gehüllt am Wegrand abgelegt. Es waren die Decken, die die Fenster verhüllt hatten. Mehrmals musste Dortje über Trümmerberge von zusammengebrochenen Häusern klettern. Als es dunkel wurde erreichte sie den Bahnhof. Hier hatte es scheinbar keine neuen Schäden gegeben. Dortje setzte sich auf eine Holzbank und schlief erschöpft ein.

Geweckt wurde Dortje durch das schrille pfeifen der Dampflokomotive, die schon abfahrbereit am Behelfsbahnsteig stand. Gerade noch rechtzeitig gelang es ihr in den vorderen Waggon zu springen. So kam sie zwar etwas verschlafen aber pünktlich um zehn Uhr wieder am Kalübber Bahnhof an. Klaus Petersen wartete bereits und freute sich über die Rückkehr seiner Tochter. Auch wenn Dortje nur einige Tage weg gewesen war, hatten ihre Eltern sie sehr vermisst.

Klaus und Elke Petersen liebten ihre Tochter sehr. Sie hatten schon heute Angst vor der Zeit in der Dortje ihre Ausbildung machen und nicht mehr auf dem Hof leben würde. Am Hof angekommen musste Dortje von ihrem Aufenthalt bei Martha berichten. Natürlich sagte sie nichts von ihrem Abstecher nach Kiel. Klaus Petersen las einen Bericht aus der Zeitung vor: „Schwerer Bombenangriff auf Kiel – zahlreiche Tote und Verletzte. Besonders betroffen war der Kriegshafen in der Wik." Wenn er gewusst hätte, dass Dortje mitten drin war – er wäre wahrscheinlich noch nachträglich vor Sorge umgekommen. Nachdem das gemeinsame Mittagessen beendet war, zog es Dortje zu Tom. Unter dem Vorwand etwas spazieren gehen zu wollen, hatte sie wieder ohne ihre gewohnte Mittagsstunde das Haus verlassen. Sie konnte das Wiedersehen kaum erwarten.

Dortje fiel ein Stein vom Herzen, als sie Tom bereits von Weitem am Fenster stehen sah. Nun hielt sie nichts mehr auf. Sie lief auf das Haus zu und Tom trat bereits vor die Tür. Beide waren erleichtert, das alles gut gegangen war. Am Vortage waren drei Kinder auf dem Hof erschienen um in der Scheune zu spielen. Glücklicherweise hatte Tom sie rechtzeitig bemerkt und sich versteckt. Um die Kinder davon abzuhalten, auch den Rest des Anwesens zu erkunden und Toms Versteck zu finden, hatte er sich in die Scheune geschlichen in der die Kinder spielten. Dort war er unter einen Haufen Stroh gekrochen und fing an fürchterliche Geräusche zu machen. Dabei raschelte er mit dem herumliegenden Stroh und warf es in die Höhe. Er brüllte und knurrte, dass es ihm selbst fast Angst und Bange geworden wäre. Die Kinder bekamen es derart mit der Angst zu tun, dass sie wie vom Blitz getroffen das Weite suchten. Sie würden sicherlich nicht wieder kommen.

Tom war sehr um Dortje besorgt gewesen, hatte er doch den Angriff auf Kiel beobachtet. Am Tag des Angriffs hatte er kein Auge zugetan. Bereits am Nachmittag sah er aus seinem Versteck die Fliegerverbände, die Kiel angriffen. Über Wankendorf sah er einen der Lancaster-Bomber abstürzen. Zuvor waren einige Maschinen von deutschen Messerschmitt-Jägern angegriffen worden. Am Abend sah er den Feuerschein der brennenden Stadt. Er hätte es nicht überwunden, wäre Dortje umgekommen. Sie wäre für ihn gestorben. Aber Dortje blieb unverletzt. Sie hatte die Ersatzteile bekommen und Tom war während ihrer Abwesenheit unentdeckt geblieben. Sie fielen sich in die Arme und küssten sich. Beiden rannen vor Erleichterung Tränen über die Wangen. Erst nach einigen Minuten konnte Tom sich von Dortje lösen und nach den Ersatzteilen fragen. Dortje präsentierte stolz ihre Mitbringsel.

10. Kapitel „Kontakt"

Die ganze Nacht hatte Tom an der Reparatur des Gerätes gesessen. Die Radioröhre und der Kondensator waren eingebaut, die gebrochene Platine war geklebt und offene Lötstellen hatte Tom geschickt mit etwas Draht überbrückt. Nun war die Zeit gekommen, das Funkgerät einzuschalten um zu testen ob es funktionierte. Alle Hoffnungen lagen auf dem Gerät.
Gemeinsam mit Dortje wollte er den Einschaltknopf drücken. Als Tom Dortjes Hand nahm und zum Schalter führte, spürte er deutlich ihre Nervosität. Nun war der Zeitpunkt da – beide drückten auf den Knopf. Zunächst passierte nichts. Nach wenigen Sekunden aber leuchteten die Lämpchen an der Kanaleinstellung auf und

es war ein leises Pfeifen zu hören. Das war zunächst mal ein gutes Zeichen. Tom setzte den Hörer auf und nahm das Mikrophon in die Hand. Nun tastete er die Sprechtaste und sprach sein Codewort, in der Hoffnung, die Wellen würden es nach England tragen. Es passierte nichts. War das Gerät nicht funktionsfähig? Tom versuchte es erneut, doch er bekam keine Antwort. Enttäuscht schaltete er das Gerät wieder aus.

Dortje fing bitterlich an zu weinen – alle Hoffnung schien zerstört. Doch Tom hatte noch einen Funken Hoffnung. Mit seinen Kontaktleuten in England war besprochen, dass die regelmäßigen Funkgespräche immer zur selben Zeit, nämlich abends um zweiundzwanzig Uhr stattfänden. Wahrscheinlich waren die Gegenstellen um diese Zeit gar nicht besetzt. Er nahm sich vor das Gerät am Abend erneut zu testen.

Am Nachmittag hatte Dortje beobachtet, wie eine schwarze Mercedes-Limousine beim Haus von Christian Kuhn in der Straße „Am Pool" anhielt. Es stiegen drei Männer in dunklen, langen Mänteln aus. Dortje sah, wie sie an der Tür klopften und eingelassen wurden. Kurze Zeit später kamen die Männer mit dem 45jährigen Hausbesitzer wieder heraus. Sie geleiteten ihn zum

Fahrzeug, stiegen ein und fuhren davon. Meta Kuhn, seine Frau stand weinend in der Tür und sah dem Mercedes hinterher. Später erfuhr Dortje, dass man Christian Kuhn bei der Gestapo angezeigt hatte. Bei einer Tanzveranstaltung der Nationalsozialisten im Belauer Schloss hatte Kuhn in einem Gespräch mit einem Bekannten abfällig über den Führer gesprochen. Er hat Zweifel über den weiteren Verlauf des Krieges zu Gunsten Deutschlands geäußert. Ein Parteimitglied hatte ihn deshalb beim Ortsgruppenleiter gemeldet – und dieser leitete den Vorfall an die Zentralstelle der Geheimen Staatspolizei in der Kieler Düppelstraße weiter. Christian Kuhn wurde, wie Angehörige erst nach dem Krieg erfuhren, in ein Erziehungslager verbracht. Später verlegte man ihn ins Konzentrationslager Bergen-Belsen in dem er Anfang 1945 verstarb. Die offizielle Todesursache soll ein grippaler Infekt gewesen sein. Doch das glaubte nach dem Kriege niemand mehr. Man ging davon aus, dass Christian Kuhn aufgrund von Zwangsarbeit und Unterernährung starb. Sein Tod wurde wohl billigend in Kauf genommen. Er fand vermutlich in einem der Massengräber auf dem Gelände des KZ seine letzte Ruhestätte.

Wieder leuchtete die Skala auf und das Pfeifen war deutlich zu hören. „Warbler, warbler, warbler …!!!", sprach Tom ins Mikrophon. Keine Antwort. Er versuchte es erneut – nicht passierte. Auch weitere Versuche schlugen fehl. Tom war verzweifelt – alles war vorbei. Er würde Deutschland nicht mehr verlassen können. Resigniert nahm er den Kopfhörer ab und ließ das Mikrophon auf den Tisch fallen. Dann hörte er ganz leise eine Stimme – zunächst dachte Tom sie käme von draußen. War er entdeckt worden? Doch dann bemerkte er, dass die Stimme aus dem Kopfhörer kam. Blitzschnell nahm er das Mikrophon wieder zur Hand. Die Stimme war nun klar verständlich. Tatsächlich – das war das Codewort der Gegenstelle. „Woodpecker" meldete sich. Tom rief erneut sein Codewort. „Warbler – hier woodpecker – sprechen sie !!!", erwiderte die Stimme. Mit nervöser Stimme erklärte Tom was passiert war. Er schilderte seine Beobachtungen während des Angriffs und berichtete über die Opferzahlen - er gab an verletzt worden zu sein und nun nach England zurückkehren zu wollen.

England ordnete an, das Tom sich zu einem geeigneten Landeplatz für ein Flugzeug durchschlagen solle, das ihn wieder nach England zurückbringen würde. Nachdem er am Landeplatz eingetroffen wäre, solle er sich mit den genauen Koordinaten erneut melden. Man würde mit ihm dann den Zeitpunkt der Landung besprechen. Wenn alles gut ging, wäre Tom in spätestens vier Wochen wieder in seiner britischen Heimat. Dortje war froh, dass Tom nun endlich heimkehren konnte. Andererseits würde sie ihn sehr vermissen.

In dieser Nacht würden Tom und Dortje, die sich wieder einmal aus dem Haus geschlichen hatte, zum Feldflugplatz in der Nähe vom Hof Spannhorn schleichen um das Gelände zu erkunden. Vielleicht würde es für eine Landung in Frage kommen. Dortje wusste zwar, dass sich deutsche Truppen auf dem Flugplatz befanden, aber eine Alternative zu diesem Ort fiel beiden nicht ein. Vielleicht würde sich eine Lösung ergeben, wenn man das Gelände lange genug beobachte. Gegen Mitternacht kamen beide am Behelfsflugplatz an. Auf dem Gelände befanden sich lediglich zwei Holzhütten – eine davon war hell erleuchtet. Die zweite Hütte diente vermutlich als Unterkunft und Schlafstätte für die Soldaten. Aus der ersten Hütte drang Musik und es waren Stimmen zu hören. Hier fand wohl eine Feier statt. Etwas Abseits der Gebäude standen drei Flugzeuge – gut getarnt mit Netzen. Wachen waren nicht zu sehen – offenbar rechnete man Mitten in Deutschland nicht mit einem Angriff der anderswoher erfolgte als aus der Luft.

Tom war klar, dass eine Landung nicht unbemerkt stattfinden konnte. Die Besatzungen des Flugplatzes würden eine anfliegende Maschine natürlich sofort bemerken. Sollte eine Landung gelingen und die Maschine im Anschluss sogar wieder starten können, würden sicherlich die deutschen Maschinen sofort die Verfolgung aufnehmen. Die Chance den drei Maschinen dann zu entkommen war sehr gering. Tom beschloss in den nächsten Tagen den Platz rund um die Uhr zu beobachten. Er hoffte eine günstig Gelegenheit ausmachen zu können. Da die Deutschen sich strikt an Abläufe zu halten pflegten, wäre vielleicht eine Regelmäßigkeit in deren Tun zu erkennen. Unter der Deckung einer Baumgruppe am Ende der Landebahn konnte Tom sich einen Unterschlupf einrichten. Von hier aus hatte er einen guten Überblick über den gesamten Platz. Schon am nächsten Abend würde er sich hier auf die Lauer legen.

Es war nicht viel los auf dem Flugplatz. Tom hatte sehr schnell erkannt, dass die Besatzungen der Flugzeuge jeden zweiten Abend eine Feier veranstalteten. Dazu befanden sich dann stets alle Personen in einer Hütte. Am Tage sah man vereinzelt Mechaniker an den Flugzeugen herumschrauben und von Zeit zu Zeit kam ein Wehrmachts-LKW und brachte Material und Treibstoff. Zweimal war Nachts Alarm gewesen – dann starteten die Maschinen in Windeseile und kehrten erst nach einigen Stunden zurück. Das wäre der perfekte Zeitpunkt für eine Landung – die deutschen Maschinen wären verschwunden und auf dem Flugplatz wären in diesem Fall nur noch wenige Personen. Doch ein Alarm wäre kaum vorhersehbar – es sei denn England könne die Flugzeuge in einem Angriff binden. Dazu wäre es notwendig in der Region britische Flugzeuge auftauchen zu lassen. Sicherlich würde die Wehrmacht dann die Flugzeuge alarmieren. In der Situation musste Tom nur gewährleisten, dass die restliche Besatzung keine Möglichkeit bekommen würde die Operation zu gefährden.

Jede Nacht sendete Tom seine Erkenntnisse an die Gegenstelle. Nach zwei Wochen stand der Plan für den Evakuierungsflug fest. Tom sollte am kommenden Montag Abend um dreiundzwanzig Uhr am Flugplatz in seinem Versteck sein. „Woodpecker" würde dafür sorgen, dass zur angegebenen Zeit einige britische „Spitfire"-Flugzeuge im Luftraum über Plön und Eutin auftauchen würden. Sobald die Deutschen ihre Maschinen in der Luft hätten, sollte Tom dafür Sorge tragen, dass die deutschen Besatzungen nicht eingreifen würden. Um Punkt dreiundzwanzig Uhr und fünfzehn Minuten würde dann die englische Maschine zur Landung ansetzen. Das englische Flugzeug würde landen, wenden und sofort wieder starten. Tom würde nur wenige Sekunden Zeit haben zur Maschine zu rennen und einzusteigen. Dann würde das Flugzeug mit direktem Kurs Richtung England verschwinden.

11. Kapitel „Die Flucht"

Dortje war gerade in Toms Versteck angekommen um sich von ihm zu verabschieden. In nicht einmal einer Stunde würde – wenn alles gut ging – die Operation anlaufen, an deren Ende Tom zurück nach England fliegen würde. Dortje lag in Toms Armen und versuchte die letzten gemeinsamen Momente zu genießen, als plötzlich heller Feuerschein von Dersau herüberschien. Nur wenige hundert Meter entfernt brannte das Wirtschaftsgebäude des Bauern Hellmann, das konnten Tom und Dortje gut erkennen. Nach einigen Minuten konnten die beiden das Feuerhorn hören. Nun würden die Helfer wieder alle Hände voll zu tun haben. Das Gebäude brannte lichterloh – Tom hatte Angst das Feuer könne die geplante Operation verhindern. Wenn die Soldaten nun aus der Hütte kämen um das Feuer zu beobachten, wäre der Plan nicht durchzuführen.

Dortje würde Tom schrecklich vermissen. Doch es gab keine Alternative – in Deutschland war er in größter Gefahr. Wenn man ihn entdecken würde, wäre er vermutlich sofort als feindlicher Spion enttarnt und getötet worden.
Tom hatte alles bis ins Detail geplant. Gemeinsam mit Dortje wartete er in seinem Versteck auf den Beginn der Operation. Die Zeiger der Uhr näherten sich der abgemachten Zeit. Um Punkt dreiundzwanzig Uhr gab es Alarm. Tom sah,

wie die Piloten der deutschen Maschinen zu ihren Flugzeugen rannten. Die Propeller fingen an zu drehen – und die Piloten rasten die Startbahn entlang. Nach wenigen Augenblicken erhoben sich die Flugzeuge in die Luft und verschwanden in nordöstliche Richtung. Die Falle hatte zugeschnappt – der Flugplatz war, bis auf einige Soldaten, leer. Und diese feierten wie jeden Montag lautstark in der Hütte.

Nun war der Zeitpunkt des Abschieds gekommen. Tom umarmte Dortje und küsste sie innig. Er versprach, sich nach Kriegsende bei ihr zu melden. Dortje hatte Tränen in den Augen. Sie hatte aber keine andere Wahl – sie musste Tom gehen lassen. Schließlich verschwand Tom aus dem Unterschlupf und schlich Richtung Flugplatz. Dortje beobachtete aus dem Versteck, was passieren würde. Sie hatte große Angst, etwas könne schiefgehen.

Kriechend näherte sich Tom der hellerleuchteten Hütte – niemand nahm hier Rücksicht auf die Verordnung der „Verdunkelung". Das gab Tom eine gewisse Sicherheit – sollte einer der Soldaten unvermittelt die Hütte verlassen, würden sich seine Augen nur langsam an die Dunkelheit gewöhnen. Das würde Tom vermutlich genug Zeit geben, sich irgendwo zu verstecken. Und tatsächlich – als Tom sich bis auf wenige Schritte der Hütte genähert hatte, öffnete sich die Tür und ein offenbar angetrunkener Soldat kam heraus. Tom konnte gerade noch hinter einigen herumstehenden Fässern in Deckung gehen. Der Soldat näherte sich Tom, der seine Pistole fest in der Hand hielt – er war bereit zu schießen. Der Soldat blieb nur wenige Zentimeter von Tom entfernt stehen. Er war Tom so nahe, dass er meinte seinen Atem spüren zu können. Erleichtert stellte Tom fest, dass er scheinbar nicht bemerkt worden war, denn der Soldat urinierte, mit einem Soldatenlied auf den Lippen, seelenruhig gegen die Fässer. Als er sein Werk vollendet hatte, schwankte er zurück zur Hütte. Von dem lodernden Feuer in der Nachbarschaft nahm der Soldat keine Notiz.

Tom nutzte die Chance und näherte sich wieder dem Gebäude. In der Ferne hörte man ein näherkommendes Brummen – das Flugzeug näherte sich dem Landeplatz. Das war der Zeitpunkt, an dem Tom auf die Tür der Hütte zustürmte. Aus seiner Hosentasche zog er einige Holzkeile die er geschnitzt hatte und drückte diese mit aller Kraft in den Türspalt. Würde in diesem Moment jemand versuchen die Tür zu öffnen, wäre Toms Plan gescheitert. Das Flugzeug setzte bereits zur Landung an. Tom fing an zu laufen – er hatte nur wenige Sekunden Zeit um das Ende der Landebahn zu erreichen. Die Maschine setzte auf und raste auf Tom zu. Aus der Hütte drangen nun Rufe – die Soldaten versuchten aus der Hütte zu rennen um nachzusehen, woher die Geräusche kamen. Doch die von Tom eingebrachten Keile hielten. Es würde aber nur wenige Sekunden dauern, dann hätten die Soldaten die Türe eingetreten und würden sicherlich das Feuer auf die Maschine eröffnen. Kaum hatte er die Schiebetür der Maschine erreicht, hörte er hinter sich Schreie. Eine junge Frau kam auf Tom zugelaufen. „Dortje?", ging es Tom durch den Kopf?

Die Frau, die Tom nicht kannte, streckte ihm flehend die Hände entgegen. Das Flugzeug rollte bereits wieder an um zu starten. Kurzerhand ergriff Tom die Hände der jungen Frau und zog sie ins Flugzeug hinein. Dortje beobachtete die Situation und war verstört – wer war diese Frau gewesen? Was hatte die Frau dazu bewogen mitfliegen zu wollen? Dortje konnte sich keinen Reim darauf machen. Sie sah der startenden Maschine nach – nur Sekunden nach dem Start verschwand sie in den Wolken. Die Flucht hatte funktioniert. Mittlerweile waren die Soldaten aus der Hütte herausgestürmt. Einige schossen mit ihren Gewehren hinter der Maschine her – ohne Aussicht auf einen Treffer, dazu war das Flugzeug schon zu weit entfernt.

Aus Richtung der Brandstelle stürmte ein Trupp bewaffneter Nationalsozialisten herbei. An der Spitze konnte Dortje Paul Schulz erkennen. Offenbar hatten sie jemanden verfolgt, dessen Aufenthaltsort sie nun auf dem Feldflugplatz vermuteten. Dortje sah, wie sich Schulz mit den Wehrmachtssoldaten unterhielt. Mehrmals zeigen sie gen Himmel, Dortje war klar, dass sie über das Flugzeug sprachen mit dem Tom soeben geflohen war. Hatte Paul Schulz die Frau verfolgt?

Dortje machte sich zügig auf den Weg nach Hause. Sie wollte nicht jetzt noch gesehen werden.

Die Ereignisse überschlugen sich. Im Juni war die Invasion der alliierten Truppen in der Normandie erfolgt. Die Wehrmacht wurde immer weiter zurück gedrängt. Von Osten näherte sich bereits die russische Armee. Auch die vom Nazisystem propagierten Wunderwaffen V1 und V2 verfehlten ihre Wirkung. Zudem sorgte die Regierung selbst für eine zusätzliche

Schwächung. Nach dem fehlgeschlagenen Attentat gegen Hitler am einundzwanzigsten Juli wurden zahlreiche Offiziere der Verschwörung beschuldigt und hingerichtet. Die Getöteten waren für die Wehrmacht nicht mehr zu ersetzen. Eine letzte Offensive in den Ardennen scheiterte im Dezember ebenfalls. Nun war der Fall des deutschen Reiches nicht mehr aufzuhalten. Trotz eindringlicher Durchhalteparolen hielten die Fronten der alliierten Übermacht nicht mehr stand. Schließlich schlossen sich die Fronten am fünfundzwanzigsten April 1945, als amerikanische und sowjetische Truppen bei Torgau zusammentrafen. Seit dem sechzehnten April wurde die Schlacht um Berlin geschlagen. Ein letztes Aufgebot an schlecht ausgerüsteten Wehrmachtskräften und Hitlerjungen sollte für den Führer noch die Wende bringen. Doch der Kampf war verloren. Schließlich entzog sich Hitler am dreißigsten April durch Selbstmord der Verantwortung. Am achten Mai kapitulierte Deutschland – der Krieg war vorbei. Der zweite Weltkrieg forderte weltweit etwa fünfzig Millionen Opfer.

12. Kapitel „Die Rückkehr"

Mattes Großmutter hatte Tränen in den Augen. Die Erinnerungen an die Kriegszeit hatten in ihr Gefühle geweckt, die sie seit Jahren erfolgreich verdrängt hatte. Sie schwieg für einige Sekunden und Blickte gedankenverloren ins Nichts. Erst Mattes Fragen brachten ihre Gedanken in die Gegenwart zurück. „Wie ging es denn weiter – Oma?", wollte er wissen. „Weißt du was aus Tom geworden ist?", wollte er wissen. „Ja Tom, das weiß ich genau. Tom kehrte nach Kriegsende zurück – genau wie er es versprochen hatte." Sie fing erneut an zu erzählen. Wiederum reisten ihre Gedanken in die vierziger Jahre des letzten Jahrhunderts zurück.

Dortje hatte nach Kriegsende Briefe an Tom geschickt. Leider erhielt sie keine Antwort. Sie machte sich Sorgen, dass die Flucht vielleicht doch noch schief gegangen war. Schließlich gab es damals eine starke Luftabwehr – leicht hätte die Maschine abgeschossen werden können. Je länger Dortje nichts von Tom hörte, um so näher rückten die Gedanken, dass er das Kriegsende nicht erlebt haben könnte.

Es war an einem warmen Septembertag 1945. Dortje hatte ihre Arbeiten auf dem

Hof beendet und war auf dem Weg zum kleinen Laden in der Dorfstraße um einige Lebensmittel einzukaufen. Seit Ende August waren Lebensmittel nur noch auf Marken zu erhalten. Die wirtschaftliche Lage in Deutschland war mehr als schlecht – auf dem Lande war die Versorgung jedoch besser als in den Städten. Die meisten Dorfbewohner waren Selbstversorger und hatten entsprechend kaum Hunger zu leiden. Dortje war gerade von der Straße „Hössen" in die Dorfstraße eingebogen, als ihr ein britischer Militärjeep entgegen fuhr. Seit britische Truppen Norddeutschland besetzt hatten, waren auch in Kalübbe einige Truppen einquartiert. So fiel der Jeep nicht weiter auf. Als das Fahrzeug an Dortje vorbeigefahren war, hörte sie plötzlich, wie er abrupt abbremste und stehen blieb. Dortje befürchtete eine Durchsuchung – der Schwarzmarkt blühte und von Zeit zu Zeit wurden wahllos Dorfbewohner auf verbotene Waren untersucht. Doch als sie sich umdrehte, traute sie ihren Augen kaum. Aus dem Jeep sprang, mit einem freudigen Lachen auf den Lippen, Tom. Mit Tränen in den Augen lagen sich die beiden minutenlang in den Armen, unfähig ein Wort zu sagen. So sehr hatten die beiden sich vermisst. Nun sollte alles gut werden. Tom erzählte ihr wie es ihm ergangen war. Nach der Flucht mit dem Flugzeug war er sicher in Südengland gelandet. Dort erwarteten ihn bereits Mitarbeiter des Geheimdienstes. Tagelang wurde er verhört, musste seine Wahrnehmungen und Erlebnisse in Deutschland wieder und wieder beschreiben. Von Dortje erzählte er aber nichts. Schließlich wurde er als rehabilitiert entlassen. Seine Strafe war mit seinem erfüllten Auftrag abgegolten. Er war nun wieder ein unbescholtenen Bürger Englands, bereute aber was er getan hatte und war sich mittlerweile sicher, dass er lieber ins Gefängnis gegangen wäre, hätte er vorher von seiner Aufgabe gewusst. Andererseits hätte er Dortje dann niemals kennengelernt. Auch Tom hatte versucht Kontakt mit Dortje aufzunehmen, doch seine Briefe kamen allesamt zurück. Ein Briefverkehr nach Deutschland zu Kriegszeiten war nicht möglich. Als der Krieg nun zu Ende war, fing Tom an seine Ersparnisse zu sammeln. Vor einigen Tagen hatte er genug Geld zusammen, um eine Überfahrt mit einem Schiff nach Frankreich und eine Zugfahrt nach Deutschland bezahlen zu können. Schließlich habe er sich von britischen Truppen mit nach Kalübbe nehmen lassen. „Was wurde aus der Frau, die ins Flugzeug gesprungen ist?", wollte Dortje von ihm wissen. Im Dorf war mittlerweile bekannt, dass es sich um Trine Lohmann gehandelt haben musste. Die einundzwanzigjährige Tochter eines Lohnunternehmers war damals der Brandstiftung an den drei Höfen verdächtigt worden, nachdem man sie mit einem Kanister Benzin an der Brandstelle bei Dersau aufgespürt hatte. Sie war daraufhin geflohen – verfolgt von Paul Schulz und seinen Schergen. Purem Zufall war es zu verdanken, dass sie damals auf das startende Flugzeug traf. Für Trine schien es die einige Chance zu sein, den Parteimitgliedern zu entkommen. Hätte man sie gefasst, wäre sie vermutlich zum Tode verurteilt worden. Tom hatte sich damals lange mit Trine unterhalten. Sie hatte ihm erzählt, dass sie mit neunzehn Jahren auf einem Sommerball in Ascheberg war. Sie tanzte damals fröhlich mit den Parteimitgliedern Schwenn aus Kalübbe, Schwarz aus Belau – dem die später abgebrannte Scheune bei Vierhusen gehörte – und dem Landwirt Hellmann aus Dersau. Die fröhliche Feier endete damit, das die drei Landwirte Trine nach Hause bringen wollten. Bei Schwiddeldei aber fielen sie nacheinander über sie her. Trine war am Boden zerstört. Die Landwirte hatten ihr gedroht, sie ins KZ zu schicken, hätte sie jemandem von ihrer Pein erzählt. Trine hatte große Angst vor den dreien gehabt, denn als hohe Parteifunktionäre wäre es ihnen sicherlich ein leichtes gewesen ihre Drohung wahr zu machen. Zunehmend verfiel sie nach der Tat in Depressionen. Dabei wurde aber auch die Wut auf die Täter immer größer. Trine konnte es nicht ertragen dass die Täter weiterhin unbehelligt in der Öffentlichkeit standen, während sie mit ihrem Leid alleine gelassen war. Schließlich hatte sie beschlossen ihrer Seele etwas Frieden zu verschaffen, indem sie den Tätern möglichst großen materiellen Schaden zufügte. Nach der ersten Brandstiftung bemerkte Trine, dass die Tat ihrem Gemüt gut tat. Es ging ihr besser als sie sah, dass Bauer Schwenn finanziell unter dem Feuer sehr zu leiden hatte. Zunächst wollte sie es bei der einen Brandstiftung belassen. Als jedoch die Kinder verdächtigt wurden, musste sie die Sache bereinigen. Mit der zweiten Tat war war der Verdacht auf die Kinder aus der Welt geschafft. Nun jedoch kam Karl Paulicz in Verdacht und wurde sogar nach dem Verhör ins Lager Nordmark, eines der berüchtigten Arbeitslager der Nazis in Kiel, verbracht. Mit dem Gedanken einen Unschuldigen ins

Lager gebracht zu haben, konnte Trine jedoch nicht leben. Also musste die dritte Brandstiftung letztlich alle Vorwürfe von Paulicz entfernen. Diesmal lief es allerdings nicht so glatt wie bei den ersten beiden gelegten Feuern. Trine wurde noch am Brandort gesehen und musste vor den Verfolgern fliehen. Man hätte sie sicherlich gefasst, wäre nicht in dem Moment das Flugzeug mit Tom gestartet. Ohne viel nachzudenken war sie auf die Maschine zugelaufen und hatte auf eine Mitnahme gehofft. Glücklicherweise hatte ein junger Mann Trine ins Flugzeug gezogen. Zunächst war sie erschrocken, als sie hörte, dass es sich um ein britisches Flugzeug mit Ziel England handelte. Dann aber war sie froh, dass sie ihr Leben gerettet hatte. In England hoffte sie auf Anerkennung als Flüchtling vor dem Naziregime. Gleich nach der Landung hatte sie einen Antrag gestellt und durfte nach einigem bürokratischem Aufwand und einigen Untersuchungen – man wollte wohl ausschließen, dass Trine ein feindlicher Spion war – in England bleiben. Nach Kriegsende hatte sie Kontakt mit ihrem Vater aufgenommen und erfahren, dass Karl Paulicz nach der dritten Brandstiftung als Täter nicht mehr in Frage kam und aus der Haft entlassen worden war.

Man hatte damals die Aussage Paulicz noch einmal geprüft und festgestellt, dass er bei dem Brand in Vierhusen das Feuer zufällig entdeckt hatte. Seine Löschversuche schlugen jedoch fehl. Deshalb hatte er sich zurückgezogen um die Löscharbeiten der Feuerwehr nicht zu behindern. Trine fand in England ihr Glück – in der Nähe von London heiratete sie einen wohlhabenden Briten und kehrte nie mehr nach Deutschland zurück. Die drei Täter waren kurz vor Kriegsende doch noch eingezogen worden, um als „letztes Aufgebot" für Hitler zu kämpfen. Schwenn und Landwirt Hellmann waren im Kampf um Berlin für den Führer gefallen. Schwarz geriet in russische Gefangenschaft und kehrte erst 1949 als gebrochener Mann nach Belau zurück. Er starb bereits ein Jahr später an den Folgen von Misshandlungen während seiner Arbeit in einem russischen Arbeitslager. Paul Schulz war nach dem Krieg von den britischen Truppen gefangen genommen und vor ein Gericht gestellt worden. Aufgrund der Aussage einiger beteiligter Parteimitglieder wurde er wegen der Erschießung des abgestürzten Piloten und weiterer Kriegsverbrechens zu lebenslanger Haft verurteilt. Schulz starb 1979 in einem britischen Gefängnis.

Nach dem Krieg war Dortje auch bewusst geworden, was es mit den Zuginsassen auf sich hatte, die sie in Viehwaggons an sich hatte vorbeifahren sehen. Es war nur allzu wahrscheinlich, dass es sich um einen Transport in eines der berüchtigten Konzentrationslager gehandelt haben musste. Sicher war der Großteil der Menschen später ermordet worden. Dortje war erschüttert von den unglaublichen Taten, die die Nazis zu verantworten hatten. Wie konnten sich so viele Deutsche von den Parolen blenden lassen? Sie fand keine Antwort auf ihre Fragen.

Mattes hatte es natürlich schon geahnt. Seine Uroma war Dortje gewesen und Tom war sein Urgroßvater. Die beiden hatten kurz nach Toms Rückkehr geheiratet und einige Jahre später den Hof von Dortjes Eltern übernommen. Dortjes Vater war nach Kriegsende ebenfalls von den Besatzungstruppen aufgrund seiner Parteizugehörigkeit verhört worden. Er konnte jedoch glaubwürdig darlegen, dass er der Ideologie des Nationalsozialismus entsagt hatte. An der Erschießung des abgestürzten Piloten war er nicht persönlich beteiligt gewesen. Nach dem Krieg war Klaus Petersen geläutert – Anfang der fünfziger Jahre gehörte er zu den Gründungsmitgliedern einer demokratischen Wählergemeinschaft.

Nach der Heirat hatte Dortje dann doch noch ihre Ausbildung gemacht – auf dem elterlichen Hof – so musste niemand auf ihre Anwesenheit verzichten. Der Abschluss wurde dann auch groß gefeiert. Ihre Eltern hatten Tom liebevoll als Schwiegersohn aufgenommen. Als Dortje die Geschichte ihres Kennenlernens erzählte, wollten Klaus und Elke Petersen kaum glauben, dass Dortje den feindlichen Agenten so lange unbemerkt unterstützt hatte. Sie waren aber irgendwie auch stolz auf ihre mutig Tochter. Tom war mittlerweile im ganzen Dorf akzeptiert. Niemand hatte nun mehr Angst vor dem unberechenbaren britischen Agenten. Die Bürger kannten seine Geschichte und hatten ihm seine Tat längst verziehen.

Dortje saß an diesem Abend noch lange mit Mattes beisammen und erzählte ihm von ihrem Leben nach dem Krieg. Noch nie hatte sie mit jemandem über ihre heimliche Tour nach Kiel gesprochen – Mattes war der erste, der davon erfuhr. Es tat ihr gut, von den Geschehnissen zu berichten. Den Kopfhörer und das Mikrophon hatte Mattes die ganze Erzählung über in den Händen gehalten. Nun wusste er, welche Geschichte dahintersteckte. Es war ein Teil der Familiengeschichte – seiner Familiengeschichte - Mattes würde die Sachen in Ehren halten.

- Nie wieder Krieg -

Nachwort

Es ist ein regnerischer Herbstabend – ich sitze in meiner Wohnung in Kalübbe. Meine Familie besucht gerade meine Schwiegereltern in Preetz. Ich hatte Nachtschicht und bin völlig übermüdet – aber schlafen kann ich nicht. Im Fernsehen läuft nichts akzeptables. So nehme ich den Laptop zur Hand und beginne zu schreiben. Schon lange schwirrten Ideen zu einer Geschichte über die Nazizeit in meinem Heimatort in meinem Kopf herum. Bislang hatte ich nie die Muße gefunden mit dem Aufschreiben der Story zu beginnen. Doch nun sollte der Anfang für meinen Erstling gemacht werden.

Viele der Ereignisse, die im Buch Einzug gehalten haben, entsprechen der Wahrheit. Sie sind in Chroniken oder Zeitungsartikeln nachzulesen. So wurde im Krieg tatsächlich am beschriebenen Ort ein Zug beschossen – bei dem Angriff kamen mehrere Personen ums Leben. Auch der Beschuss der Schulkinder ist übermittelt. Einen Feldflugplatz hat es nach Zeugenaussagen ebenfalls gegeben. Ebenso berichten Zeitzeugen von einer Stippvisite Reinhard Heydrichs in Kalübbe. Der Rest der Geschichte ist aber meist frei erfunden.

Ähnlichkeiten mit damals oder heute lebenden oder verstorbenen Personen ist Zufall und von mir nicht beabsichtigt. Die Namen der handelnden Personen entstammen ausschließlich meiner Phantasie.

Ohne die Unterstützung meiner Familie, insbesondere meiner Frau Janina, hätte ich das Buch sicher nicht vollendet. Sie hat den Text mehrfach gelesen und mich konstruktiv kritisiert. Ebenso danke ich meinem Vater, der als Ortschronist die Geschichte des Dorfes aufgearbeitet hat. Seinen Aufzeichnungen und Erzählungen verdankt das Buch wesentliche Teile der Handlung – auch wenn er von der Entstehung erst nach der Veröffentlichung erfahren hat.

Herstellung und Verlag:
BoD - Books on Demand, Norderstedt
ISBN 978-3-7322-9159-5